U0653817

上海交通大学网络教育名师工作室项目
上海交通大学“E品E领”网络文化培育项目
支持出版

咫尺匠心

乔中东 著

上海交通大学出版社
SHANGHAI JIAO TONG UNIVERSITY PRESS

内容提要

本书精选了乔中东教授2012年以来在科学网上发表的随笔、杂谈、散文等共50篇，分为八个部分，涵盖了乔中东教授对于教育、教学、人生、社会等的见解，言传身教、引导学生实现人生价值的感悟，以及往昔自身求学过程中经历的感人故事等，呈现了改革开放后中国知识分子学习、生活、工作的精彩历程，也给出了时代变迁的真实写照，有利于感染师生修养身心，涵养德行。

图书在版编目(CIP)数据

咫尺匠心/乔中东著.—上海：上海交通大学出版社，2021.9(2021.12重印)

ISBN 978-7-313-25248-7

Ⅰ.①咫… Ⅱ.①乔… Ⅲ.①中国文学—当代文学—作品综合集 Ⅳ.①I217.2

中国版本图书馆CIP数据核字(2021)第155371号

咫尺匠心

ZHICHI JIANGXIN

著　　者：乔中东

出版发行：上海交通大学出版社　　地　　址：上海市番禺路951号

邮政编码：200030　　电　　话：021-64071208

印　　制：上海景条印刷有限公司　　经　　销：全国新华书店

开　　本：880mm×1230mm　1/32　　印　　张：7.5

字　　数：150千字

版　　次：2021年9月第1版　　印　　次：2021年12月第2次印刷

书　　号：ISBN 978-7-313-25248-7

定　　价：45.00元

版权所有　侵权必究

告读者：如发现本书有印装质量问题请与印刷厂质量科联系

联系电话：021-59815621

序

教师是立教之本、兴教之源。得知上海交通大学教书育人奖一等奖获得者、生命科学技术学院乔中东教授耗费多年心血记录的博文结集出版的消息，我甚为高兴。在繁忙的工作之余，乔教授笔耕不辍，写下了这些充满“仁而爱人”的质朴文字，与其说是其匠心独运的结果，不如说是他作为教师的担当。

乔老师出身于“三代教师”的家庭，他对教师的职业有着天生的热爱。闲暇之余，他对如何当一个好教师，如何教书育人进行了深入的思考，前后发表了150多篇博文。《咫尺匠心》选编了其中的50篇集结成册。乔老师笔下的文字并不是单纯的抒发心情，而是将小到个人的从教经历、日常感悟，大至对教师志业、家国情怀的种种元素以浪漫的情怀细腻触绘，呈现出摇曳生姿的朴素、唯美风情。

习近平总书记曾说：“做好老师，要有仁爱之心。”乔老师的文章从“教书育人”至“修身立德”，涵盖了爱党、爱国、爱民、爱教育、爱学生、爱学校以及一切美好的事物。这些文章的内容涵盖了他对于教育、教学方面的见解，自身求学经历、学生知遇感悟等等，大家可以从中了解乔老师是如何涵养德性，提高自身的思想道德修养水平的。

书中，乔老师以讲故事的形式娓娓道来，在条分缕析中引领学生建构系统科学的思维方式和严谨缜密的逻辑，在旁征博引中融入理想信念教育，塑造年轻人积极向善的“三观”，春风化雨、润物无声，不生硬、不说教，如春在花、如盐在水，而这本身就是对“课程思政”的进一步延伸。

在相当长的历史进程中，由于知识获取渠道有限，教师几乎是唯一的系统知识传授者。在当下的信息时代，特别是后疫情时期，互联网平台上各种搜索引擎、数据库、慕课、公众号等媒介使得知识获取渠道前所未有的丰富多元。在此基础上，乔老师通过网络对大学生进行价值引领，并集腋成裘，这正是育人渠道的扩展。

教师是中国梦的奠基者，这是因为教师不仅是知识的传播者，更是学生人生梦想的播种人。在浮躁并以“效率”至上的年代里，一个老教师能静下心来坚持文字创作，并将它出版成册，其本身的意义或许远大于评价作品本身吧！

上海交通大学党委书记 杨振斌

目录

宁静修身求致远

书香传承万万年

学贵得师有典范

坦途脚下是蜿蜒

立德立功还立言

谆谆寄语爱心显

咫尺匠心责任担

登攀路上再扬鞭

宁静修身求致远

孔子曰:“君子修道立德,不以穷困而败节。”孔子教学生,不仅仅是在课堂上,更重要的是在现实生活当中教,到处都是课堂,到处都是学习的地方。乔中东教授将他在生活中点点滴滴的思考,转换成了“当教师的要随和但不随便,为人要低调但不低俗,对待学生要宽容但不纵容”的座右铭,并用柳树和银杏的对话来表达为人处世的哲学,体现了他作为一个共产党员对党的宗旨的理解,对雷锋精神的诠释。

信仰的力量

非常高兴，今天能与上海交通大学青年马克思主义学院致远班的同学们一起参观龙华烈士陵园。

通过参观，我知道了龙华 24 位烈士，为革命献身时最大的才 23 岁，最小的仅仅 17 岁。有 22 位烈士有姓名，另外两位我们至今不知道他们姓甚名谁。

在听导游讲解的过程中，我一直在想，这些先烈们为什么不怕牺牲、勇于奋斗，以至于献出了他们年轻的生命？

答案只有一个，那就是信仰的力量。这些革命先烈不惜抛头颅、洒热血，他们的信仰是什么呢？是为了让广大的人民群众过上好日子。正如革命先烈陈乔年在他的绝笔信中说的那样："让我们的子孙后代享受前人披荆斩棘换来的幸福吧！"(1928年)

我们的党徽上有一行毛主席写的字"为人民服务"。"为人民服务"就是中国共产党人的初衷和信仰，就是中国共产党人和人民群众心连心的具体体现。

在龙华烈士陵园还有一个"4·12殉难者"雕塑，这里见证了1927年4月12日蒋介石为了大地主、大资本家的利益，背叛革命、屠杀共产党人的历史。1927年4月12日因此也成了国民党背叛革命、背叛人民、走向灭亡的分水岭。

中国共产党人没有被国民党的屠杀所吓倒，他们勇敢地武装起来，领导中国人民取得了抗日战争和解放战争的伟大胜利，中国人民从此站起来了！中国刚刚解放，美帝国主义又把战火烧到了鸭绿江边。为了保家卫国，英勇的志愿军战士，用简陋的武器打败了武装到牙齿的以美国为首的联合国军。从此，再也没有人敢小看我们中国人了。

我们的党时刻以广大人民的利益为重，中华人民共和国建立后，迅速开展了经济建设，国家也逐渐摆脱了贫穷和落后的面貌。新中国成立初期，全国人民的平均寿命仅为 35 岁，这主要是战争、饥饿和流行病造成的。现在上海人的平均寿命接近 84 岁了，这是一个巨大的变化。

当然，我们在建设过程中难免会经历挫折和困难，但是我们的党以为人民服务为宗旨，时刻牢记让广大人民群众过上好日子的理想，领导我们一步步地走向了繁荣富强。

新中国成立初期，由于物资短缺，很多生活用品，包括粮食都是凭票供应的。我小的时候肉类供应很少，每人每个月只有 5 两食用油。由于缺少油水，经常感觉饿，吃什么都香。我插队的时候，有一天放工比较晚，到了食堂以后，蒸笼里还剩下一些玉米面窝头。食堂管理员告诉我今天可以随便吃。2 两一个的窝头，我一口气吃了 7 个，还没有感觉饱，看到周围人们诧异的眼光，我才不好意思地离开了。改革开放以后，物质得到了极大的丰富。1993 年开始不限购粮食了，副食品供应在这之前已经放开。现在，超市里的商品琳琅满目，大家想吃什么都可以买到。哪位同学还能像我过去一样吃那么多吗？你们有特别钟爱和渴望的零食吗？

毛主席在《为人民服务》一文中教育我们："我们这个队伍完全是为着解放人民的，是彻底地为人民的利益工作的。""为人民服务"就是我们加入这个组织的初心。习近平总书记在不同时期、不同场合说“人民对美好生活的向往，就是我们奋斗的目标”，彰显着他对人民的挚爱。

今天，我们站在这里缅怀先烈的同时，更应该继承他们的理想和信仰，做好每一天的工作，在中华民族的伟大复兴中贡献自己的力量。

最后，我想用龙华监狱的题壁诗来结束这篇文章：

龙华千古仰高风，烈士身亡志未穷。
墙外桃花墙里血，一样鲜艳一样红。

（写于 2021 年 3 月 5 日）

教师的素养

——在生命科学技术学院新老教师见面会上的发言

上周，学院管教务的老师让我以一位老教师的身份和我们学院的新生力量谈谈自己当教师的体会。我有些诚惶诚恐，因为自己其实就是岁数大一点儿，老师当得并不很好。

但是，既然答应了，我想还是根据自己当老师的体会讲三点。

当老师要随和，但不能随意

我们是老师，说得高大上一点儿，是人类灵魂的工程师。我们怎么教育学生呢？那就是要在学生面前、在社会大众面前树立一个做人的榜样。这样的一个榜样，是靠我们的人格魅力来实现的。我个人以为，与同事和学生相处要随和。这种随和是用一种平等的心态去对待别人，对待身边所发生的事情，不要对什么事情都斤斤计较，要设身处地地为别人着想。我们学院最成功的人是谁呢？我认为是邓子新、是贺林。我和他们认识已经十几年了，他们两位无论是做学问还是做人，都称得上是我的榜样。我们学院给全校博士研究生开设了一门“生命科学引论”选修课，邀请的是生农医药各个学院的长江学者、院士等“大腕”教授。每年我请他们讲课的时候，他们都非常乐意接受，并且精心准备讲课内容，从来没有缺过一次课。有一次下了课，已经到中午饭点，我邀请贺林院士去高知餐厅用餐。正值下课，路上学生很多。贺院士见开车不方便，路过二食堂时建议就在那里吃，于是我们各买了两个卷菜饼子，跑到我的办公室，烧了一壶咖啡，两个人咖啡就着菜饼子，边吃边聊。

当然，随和绝对不是没有原则的，随和绝不能和随便画等号。作为老师，我们的一言一行都代表着教师的形象，影响着学生的未来。有个学生曾经跟我说“乔老师，其实我们学生的坏习惯都是家长和老师教的。”我听了这句话感到很羞愧，认真想想，这个学生说的话没错。例如，某些老师为了提高升学率，某些家长为了让自己的孩子考上好学校，他们利用自己的社会资源雇佣枪手，这样就教会了我们的学生如何作弊、如何不择手段。学生还不成熟，缺乏是非分辨能力，以为这就是捷径，近墨者黑，当然就学会了作弊。所以作为老师，一定要坚守原则和底线，给我们的学生以积极的影响。

老师在课堂上更不能随便乱说。上课讲的内容都是有要求的，有的时候看见学生注意力不集中了，说两句笑话吸引学生注意力，这是可以的，但不能在课堂上发牢骚，大讲特讲与课程内容无关的问题。有一次，我在和一位年轻老师通电话的时候说，当老师你装也要装出个样子来。老婆在旁边听见了，对我说："我不同意你这句话，什么是装？应该是由衷地去做，伪君子才装！"

与他人相处要低调，但不能低俗

己有所短，人有所长。低调做人，是一种品格，一种风度，更是有修养、有智慧的表现。有一类人，动不动就指谪别人，碰到评奖评优的时候，总要说别人这不行，那不行。自己下棋不行就和聂卫平比篮球，自己篮球不行就和姚明比游泳，反正你总有不如我的地方。

低调做人，不是说我们一定要把自己的优点掩盖起来，而是不假惺惺，不故作呻吟，不搬弄是非。我们在人前，应将自己最闪光、最好的一面展现出来。

对待学生要宽容，但不能纵容

孟子曰："人皆可以为尧舜。"交大的学生，都是精挑细选出来的优秀学生。他们聪明，充满活力。但是，他们毕竟年轻，所以对待学生要有耐心，绝对不能谩骂，更不能侮辱。我儿子就曾对我说："老爸，我现在还年轻，就想尝试各种可能，趁年轻，还有犯错误的时间，别让我到了你这个年龄再犯错。"所以，我们对待学生主要是看主流，看大方向，但必要的时候一定要耐心规劝。学生不来上课，我们可以每天打电话叫他，但考试绝不能“放水”。我们要告诉学生“心有敬畏，方能行有所止”。对学生所犯的错误可以宽容，但绝不能纵容，否则我们就配不上“教师”这个称号。

最后，我想告诉大家，上海交通大学是一个展示才华的最好平台，只要你心有所想，必定能事有所成。努力吧！前途是属于大家的！

（写于 2015 年 7 月 13 日）

教育和教养

前几天，有个海归博士动手打了一个环卫工人，口中还叫嚣道“你能挣多少钱?”更有意思的是，其助手在给警察解释时说，他出生于农村，留学刚回来，不了解国情！我就纳闷了，是农民的孩子不懂事，还是留学以后不懂法了?

首先，我不认为是农民的孩子不懂事！我虽然出生在城市，但我上大学前生活的地方处于城乡接合部。迄今，我仍然有很多关系很铁的农民朋友。他们现在已经开始步入老年了，这些同学在我眼里，可能不会“之乎者也”，但性格却非常谦和，为人非常厚道，做事有礼有节，待人诚恳大方，让我这个读了很多书、也教了很多年书的人，在他们面前也没有丝毫的优越感，反倒觉得在他们身上有很多值得我学习的地方。这可能就是他们父母教育的成果，或者是家庭传承的美德，说得高大上一点儿，就是中华民族的传统美德。这样的朋友，虽然没有念过大学，但是你能说他们没有教养吗?

其次，我也不认为西方人没有教养。在德国留学的时候，每次导师请我们吃饭，入座前他一定会将椅子拉出来，等他夫人到位置后，再轻轻地将椅子向前推到她腿跟前，待夫人坐好以后才会离开。吃完饭，他一定会帮助夫人穿上大衣。这就是所谓的绅士风度吧！我们做实验经常会用到注射器，导师如果看见我去丢弃用过的注射器，一定会叮嘱我将针头插进护套里，并告诉我打扫卫生的阿姨可能会用手拿垃圾，扎了手就不好了。反观那个洋博士，他受到的教育去哪里了？难道真的就不懂得应该尊重他人吗？

今天有事去徐家汇，偶遇上海交通大学继续教育学院的张伟书记，他热情地邀请我到交大法华镇校区游览，并请我在他的办公室喝茶聊天。说起洋博士打人的事情，他说这是教育的缺失，因为教育缺失，一部分人所受到的教育和应有的教养不成正比，我深以为然。习主席一再强调我们要建设学习型社会，我以为这个学习，不仅仅是文化知识的学习，更是人文素养的学习、传统美德的学习。

交大的继续教育学院分散在法华镇和七宝两个校区，这两个校区都有两棵古老的银杏树。七宝校区的银杏据说已经有700多年的树龄了，可惜都是公树，虽然高大茂盛，但从不见结果；法华镇校区的银杏虽然只有200多年的历史，却一公一母，每到秋天，挂满了白果。看着两个校区的银杏，我常常想，七宝校区的银杏虽然高大雄伟，但因不能获得新的基因，就不能像法华镇校区的银杏那样硕果累累。我们在科学上受到了良好教育，也理应在人文素养方面做出表率，这样才能走得更远，才不会让我们的学位蒙羞。教育和教养应该是教育的两个方面，就像万物具有的阴阳两面，互为因果，互相补充，这样的教育才是完整的，受教育者人格才不会缺失。

怎么才能让自己的教养得到提高呢？窃以为，这是一个不断学习、不断升华的过程，也就是终身学习的问题。我们在科研和教学之余，应该抽时间多学习一些人文知识，从“孔融让梨”这个故事中学会谦让，从“司马光砸缸”这个故事中学会帮助他人，从雷锋精神中学会干一行爱一行，做一颗永不生锈的螺丝钉；我们还应该抽出一些时间读一读文言文，知道一点儿诗词格律，使我们的谈吐更富感染力；我们还应该抽出一点儿时间读一些文学名著，从中汲取营养；我们还应该抽出一点儿时间学一点儿社交礼仪，学会尊重他人，让我们个个都成为受人敬重的绅士或淑女；我们更应该抽出一点儿时间……

看来，这么多需要学习的东西，需要很多很多时间。因此，我们必须挤出更多的时间去学习新知识，“终生学习”“继续教育”大概就是这个意思吧。

下周，我一定去报名参加诗词学习，争取以后能用诗的语言和大家交流！

（写于 2017 年 10 月 15 日）

恪尽职守就是雷锋精神的真实体现

今天是3月5日，又是学雷锋的日子。每年到这一天，很多人会丢下自己的本职工作，跑到马路边上摆个理发摊，或者非常有意识地去做一些力所能及的“好事”。每到这一天，我就会想，为何不在平时的业余时间去做这些事情，而非要在这一天放下自己的本职工作去哗众取宠呢？

我是1977年12月参加高考的，政治试题中有一道是“雷锋精神是什么？”我回答的是周恩来总理的一段话：“爱憎分明的阶级立场、言行一致的革命精神、公而忘私的共产主义风格、奋不顾身的无产阶级斗志。”考完以后，教我政治的杨老师告诉我答对了。

我们学雷锋，到底应该学习雷锋的什么呢？有一天，和一个朋友讨论学雷锋的事情。我说学雷锋最重要的就是学习雷锋的钉子精神，做一颗永不生锈的螺丝钉，党把你安在哪里，你就在哪里闪闪发光。我的这个朋友说，螺丝钉精神是典型的愚民政策，还强调说西方国家强调以个人为中心，不会鼓励大家做一颗永不生锈的螺丝钉。我回答说，各个国家的社会制度可能不一样，但是正面的价值观还是一样的，大家都在追求真善美，大家都在追求乐于助人，大家也都在鼓励做好本职工作。我还将我在国外的所见所闻告诉了这个朋友，终于说服了他。今天又是学雷锋的日子，我很坚持学习雷锋就是要学习他干一行爱一行，在自己的本职工作中做出自己应有贡献的立场。干好自己的本职工作就是最好地学雷锋。

今年的春天比较特殊，很多医生和护士朋友义无反顾地请战去了抗疫一线。我有一个在长海医院工作的校友，她是一个90后的小姑娘，她在《请战书》中写道："一不怕苦，二不怕死。"这话我好久没有听到了。她的妈妈听她说到不怕死就很伤心。试想，哪一个做父母的，当自己的孩子慷慨赴死的时候，能做到淡定自若？所以，我认为这些医生护士们都是英雄，他们都应该是学习雷锋的标兵。

前方的勇士们在舍生忘死，后方的兄弟姐妹们也在默默奉献。正月刚刚破了五，学校就开始准备"停课不停学"工作了。从校领导开始，到教务处、研究生院等各个职能部处的工作人员，以及学院的院长、书记们、所有的任课老师们，都在精心准备着，忘我地工作着。

在我们这些一线教师的身后，也有一大批的工作人员，他们在自己的岗位上，默默地奉献着，为老师们能上好每一节课努力工作着。教学发展中心的老师们精心组织了很多示范教学观摩课；教育技术中心的老师们除了保证日常的工作以外，还要担负指导我们使用各种教学软件的任务。像我这样的"菜鸟"，培训往往解决不了问题，我就把老师们加为好友，小江和小章老师就成了我经常打扰的对象。他们不厌其烦、一遍一遍地耐心教我，让我逐步掌握了各种教学软件。网络信息中心的老师们在努力保障着网络的畅通；图书馆的馆员们也在想尽办法，给学生们提供上课需要的电子版教材；学校公众号的编辑们每天都推出学校的各种新闻；学校工会的老师也想方设法，当好职工们的“娘家人”；食堂、后勤、保卫部门的工作人员更是尽力做好自己的本职工作，让一线教师们可以安心地工作……他们不正是一颗颗永不生锈的螺丝钉吗？

我还能举出许许多多的平凡人做着平凡事的例子，正是这些平凡人构成了我们今天的社会主体，促进着社会不断向前发展和进步。我们每一个人，只要努力地做好自己的工作，恪尽职守，就是践行雷锋精神的最好表现。

（写于 2020 年 3 月 5 日）

学习要有钉子精神

今天是学雷锋的第 58 个纪念日。

这几天都有很多志愿者走街串巷学雷锋做好事。在交大新村,每年都有志愿者帮大家做好事,坚持了很多年。今年比较特殊的是有人给大家磨剪子、磨刀了。

雷锋做好事是日常,不是刻意而为之的。除了做好事,雷锋对自己的工作也特别认真负责,干一行爱一行。此外,我觉得雷锋还有一个特别值得大家,特别是年轻人学习的地方,那就是他对学习的态度。

雷锋不满 7 岁就成了孤儿,新中国成立后在乡党支部书记的资助下读完小学,小学毕业后就参加工作。就是这么一个小学毕业生,无论工作多么艰苦,每天都会挤出时间读书、写日记。如果说读了多少本书,反映不出他的思想和知识水平,但是雷锋日记中的很多名言却是他思考的结晶。

雷锋在日记中写下了这样一段话:"有些人说工作忙,没有时间学习。我认为问题不在于工作忙,而在于你愿不愿意学习,会不会挤时间。要学习的时间是有的,问题是我们善不善于挤,愿不愿意钻。一块好好的木板,上面一个眼也没有,但钉子为什么能钉进去呢？这是靠压力硬挤进去的，硬钻进去的。由此看来，钉子有两个好处，一个是挤劲，一个是钻劲。我们在学习上，也要提倡这种钉子精神，善于挤和善于钻。”雷锋就是靠钉子精神挤时间学习，靠钉子精神钻研，通过努力读书让自己成为一个有理想、有抱负的人，这就是雷锋成为我们学习榜样的重要因素。

其实，在我国古代就有很多人通过挤时间，创造条件学习，最终成为国家的栋梁之材。西汉时期的匡衡，世代为农，但是他非常好学。每天白天必须在地里劳动，没有时间学习，他就利用晚上的时间读书，但是家里太贫寒，油灯还得省着用。有一天他看到邻居家的灯光从墙缝中透了过来，于是就将缝隙挖大，开始了借光读书的日子，最终成为一个有学问的人，且位及宰相。

还有一个闻鸡起舞的故事。晋代的祖逖非常有志向，但他小时候却不爱读书。等他懂事以后，意识到了自己知识的贫乏，深感不读书无以报效国家，于是就开始发奋读书。祖逖的好朋友刘琨，也和祖逖一样，希望国家强盛，百姓安康。他们两个人每天听到鸡叫声就起床练剑。不管刮风下雨，不管酷暑严冬，从来没有间断过。功夫不负有心人，经过长期的刻苦学习和练习，祖逖与刘琨都成为既能写得一手好文章，又能带兵打胜仗的文武全才。

这些古往今来的故事都告诉我们，无论我们的基础怎么样，什么时候开始学习，只要肯努力，都能够取得成功。

我们要学习雷锋，像钉子一样，善于钻，善于挤，挤出各种可以利用的时间读书，从书本中学习知识、汲取力量，做一个像雷锋一样纯粹的人，做一个对社会贡献更大的人！

（写于 2021 年 3 月 5 日）

没有献成的血

2013年3月1日上午，学校红十字会表彰2012年献血先进个人，我也有幸成为其中受表彰的一员。

说实在的，2012年获得这个献血先进个人，心里还是感觉有些愧疚的，因为3月份献血车来学校时，我正好有事，没有献成。看到4月份的献血通知以后，我就悄悄把身份证装在了身上。上午有课，中午下课以后，我赶紧去二楼高知餐厅吃了饭，跟爱人说自己有事先走了。到了一楼填表时，负责的女医生还问我是不是超龄了，我说刚好，还在年龄范围内。这时候，校医院的刘院长看见了我，过来说："乔教授，您这么大年纪了，就不要献了吧?"我说，这是最后一次，算是给我55岁生日的献礼吧！正聊着天，等着化验结果出来，我爱人吃好饭过来，看见我就知道怎么回事了。她说："你上午刚上了课，下午还要主持一个会议，你不要命了?"我立刻把她推走了。这时候，刘院长却把我的登记表拿了出来，还陪我到了我的车跟前。于是，我最后一次献血计划就这样夭折了。如果《献血法》不修改的话，我估计是没有机会再献血了。

说起献血的初衷，要追溯到2004年1月，当时孩子还在读高三，我们借住在延安中学附近。临近放寒假的时候，我爱人突然上消化道大出血，做了各种检查都没有发现病灶。4 月份第二次出血的时候，仁济医院消化科的医生才看到在十二指肠降部有个可以移动的肿瘤（腺瘤）。手术后，外科医生让我看这个 14 厘米长的肿瘤，有非常细长的蒂和比较粗大的末端。肿瘤的末端因为血供不好而有了溃疡，这是两次大出血的原因。手术非常顺利，但是我爱人两次出血的过程却非常凶险。两次大出血，两次病危，每次都是靠输血才抢救回来生命。在我爱人住院的时候，我就想以后得找机会把用过的这些血补上。

2005 年的夏天，我有一次去七宝农业与生物学院开会，下了公交车就看见马路对面的献血小屋。我刚好带了身份证，就毫不犹豫地进去献了血。后来，有一次路过南方商城，看见献血小屋又走了进去。这次献血指定是给儿童医院的某个小病人的。过年的时候，我还收到了那个小朋友给我寄来的贺卡。因为我是儿童医院的顾问教授，这件事情让我非常开心。

2007 年的某一天，我看见献血车来到学校，又去献了血。校医院的刘院长见我很多白发，就留意上了我。这后来的 4 次献血，刘院长都很热情地招呼我。一来二去，我们就成了好朋友。

每次献血之后，我都直接去工作了，从来没有休息过，也没有感觉到有任何的不舒服。我看到有些学生献血后会身体不适，这可能和他们心情紧张或者空腹有关吧。

有关献血的事情，我现在一直耿耿于怀的是，2012 年没有献成血，没有让我的这个计划画上完美的句号。为此，我还经常埋怨我爱人，假如她没有告诉刘院长我那天下午有会，刘院长也不会阻止我献血吧！算了，人生哪能没有遗憾呢！

（写于2013年3月2日）

柳树和银杏

秋深了，阵阵寒风让银杏的叶子变得金黄。

扇面一样的银杏叶随风飘荡，给院子里铺满了厚厚的金黄色地毯。很多人慕名而来，在银杏树下摆着各种造型拍照留念。

柳树垂头丧气地看着水面，一道道的枝条在寒风中瑟瑟飘荡。

银杏和柳树(张克军摄)

看着不远处有些落寞的柳树，银杏对她喊道："你别不开心，再过几天，我就变成光头了！"

银杏看见柳树还是不开心，就劝道："你看我，都一百多岁了，长得还像个孩子。倒是你，二十岁不到，就已经这么伟岸了。"柳树确实比较粗壮，只不过头发太长了，忍受不了地心的吸引力，早就弯下了腰。要是没有地面的支撑，大概早就倒下了。

银杏接着又对柳树说道："人们都夸我浑身是药，可我结的白果，人们只有炖老母鸡的时候才会想起来！而从你的皮中提取的水杨酸，可止痛、消炎，防止血栓形成，功效无比强大！因为研究水杨酸，人们还发现了前列腺素的作用，并且还凭此获得了诺贝尔奖。你的贡献我哪能比呀？"

银杏回头深情地望着身旁的伴侣。他俩在一起已经一百七十多年了，每天一起迎接朝阳，送走晚霞。据说，他们的祖父母已经四千多岁了，还和初恋的时候一样，每天手牵着手，一起平平淡淡地看风云变幻，唯一不变的，就是他们对待彼此的感情和对待生活的态度。

柳树看着他们互相之间深情的目光很是羡慕，心中十分讨厌别人对她的评价。银杏安慰她说："人们说'水性杨花'，那是说杨树，和你没有关系；'花街柳巷'，那也是借用了你的名字而已。"

银杏接着说："你的生活丰富多彩，生长也很快。每年春天迎风而起，柳絮洒遍大地，很快就会成为一片柳林。你的生命力那么强大，无心插柳都可以成荫！你知道我也会开花，但是有几个人知道我的花的模样呢？假如要种银杏的话，起码得等

20 年我才能长大。”

银杏见柳树有些开心了，接着夸奖她道：“春天，你飞舞漫天的花絮，播撒新的生命；夏天，你留下一片阴凉；秋天，你描绘别样风光；冬天，人们采取你的枝条编筐做篓。你看，生活中哪能离开你呀？”

柳树心情好了，也开始称赞银杏：“在春天里，你的叶子晶莹剔透，像一只只奔跑的鸭脚，憨厚可爱。夏天的时候，你的叶子又像扇子，随着风送来一阵阵凉爽。秋天里，你金黄的叶子，累累的硕果，仿佛是一把火红的火把，映红了晚霞。人们喜欢银杏，除了你的挺拔、乐观、向上，更喜欢你的随和、忠贞。几千年的历史熏陶，你早就看淡了名利，可能唯一在乎的，就是为他人默默奉献。”

银杏听得有点儿脸红了，轻声回道：“其实每个人都有自己的长处，你的优点就是我学习的目标。一个人有没有内涵，是不是让别人喜欢，不仅仅看他为社会做了多大的贡献，更要看他是否能耐得住寂寞，是不是可以为了自己的目标勇往直前。假如一个人没有信仰，卑躬屈膝；假如一个人为了自己的利益，损害他人……这样的人，大概没有人会喜欢吧？”

银杏最后对柳树说：“送你一首流行诗吧！”

我有一壶酒，足以慰风尘。
默默看世界，静静听涛声。

（写于 2018 年 9 月 19 日）

书香传承万万年

庄子在《养生主》中说："指穷于为薪，火传也，不知其尽也。"意思是柴薪可以燃烧完，但火种永留传。乔中东教授出身于三代教师家庭，天生热爱教师职业，他在《当老师真好》中记述了他的这种情感，且在《莫愁前路无知己，天下谁人不识君》中给刚获得博士学位的儿子、儿媳以鼓励，在《我和我的研究生们》中，详细描述了他与研究生们相处的六则故事，体现了教育的良好传承和希望。

当老师真好

因为出生于教师家庭，我对当老师情有独钟。我爷爷是老师，我父母是老师，叔叔婶婶、姑姑姑父、舅舅舅妈都是老师。到了我这一辈，我们夫妻俩、表哥、弟弟、弟媳、妹妹、妹夫也都是老师。过春节到了妈妈家，有拜年的电话打进来找乔老师，还真不知道是找谁。当然，实际上都是找我妈妈的。

我拿到大学录取通知书的时候，教我高中化学的杜老师就非常郑重地对我说，将来大学毕业一定要考研究生，然后留校当老师。他的这个建议我一直铭记在心。在我上大学期间，时不时地会回老家，在院子里遇到教过我的老师，他们都会询问我的学习情况。后来，家搬走了，我也会偶尔回去看看他们。

大学毕业以后，我在国内获得研究生学位，然后出国读博。回国后如杜老师所愿，我成为一名大学老师。我曾经听人讲，当大学老师好，一年有两个假期，还不用坐班。我的助手有两个孩子，孩子所在的学校经常会组织一些活动，要求家长参加。我的助手因为忙一般都不会去参加。孩子的老师说："你们大学老师哪像我们小学老师这么忙，干吗不来呢?"不知道这位小学老师为什么会认为大学老师不忙。其实，周末、节假日，很多大学老师的车都停在办公室楼下……

当老师，特别是当一名好老师，必须把学生当成自己的孩子来对待，这样学生才会把你当成父母一样对待。我有这样的感触是因为我的老师就是这样对待我的，无论是小学老师、初中老师还是高中老师，无论是大学里教大课的老师、实验老师，还是读研究生时候的导师。他们对我好，不是宠着我，而是管着我。我记得中学学画画的时候，臧老师就经常说："如果老师不管你，不批评你，说明老师对你不负责任。有一天，老师开始不批评你了，就说明他对你彻底失望了。"所以，我对我的学生，无论是上课，还是指导他们做毕业设计，都会尽心尽责，尽我所能去指导他们，帮助他们解决学习上、生活上的困难。

我从德国回国的时候才 37 岁，当时的研究生比我小十来岁，我和他们就像朋友一样。到现在，我和学生的岁数差距越来越大，等儿子上了大学、读了研究生后，我又发现我的学生们和我的孩子一样大。现在，我与学生的岁数差更大了，但他们和我之间却依然亲密无间。逢年过节，我们会在一起聚餐。在学业上，我一再对学生们讲，实验就是一个不断犯错误的过程，什么时候错误犯完了，也就开始出结果了。学习就是一个"找出犯错误的原因，以后不再犯类似错误"的过程。我不会因为实验做不出来而责备学生，但是我会因为他们不守规则而严厉批评他们。

在给本科生上课的时候，我会特别关注学生们在课堂上的表现。如果有学生没来上课，我会仔细了解原因，也会通过教务以及负责学生工作的老师和家长沟通，希望通过过程管理，尽量不让学生掉队。学生也没有因为我上课管他们太严而对我不敬。前几年不开车的时候，经常会在地铁里、公交上遇到一些年轻人，他们都主动和我打招呼，给我让座，告诉我他们是我教过的学生。

每逢过年过节，毕业后留在上海的学生会成群结队来家里看我，我也很开心地请他们吃饭，听说了孩子们在事业上取得的进步，我从心里感到自豪。在国外的学生们，每逢圣诞节、教师节会寄来亲手写的贺卡，外地的学生也会打来电话致以问候。每逢毕业季，学生们也会穿着学位服来我办公室与我合影留念。

前段时间，我爱人因工作劳累突发脑梗。当时我正在复旦大学参加研究生毕业论文答辩会，是我的学生和儿媳将她送到了医院。等我到医院的时候，她已经被安排好住院了。我一出电梯，一位医生马上跑来说："乔教授，您曾经教过我"分子生物学"。王老师现在问题不大，我们已经给她输上液了。"这个学生现在是神经内科的副主任医师，她不说，我还真不知道我曾经给她上过课。第二天，陪了一夜床后我回到办公室，我的助手告诉我说："女同学们已经把班排好了，每天都会有一个人去陪王老师，这样你就不会太累了。"

这样的学生，我能不当作自己的孩子看吗？

当老师真好！

（写于 2013 年 6 月 23 日）

莫愁前路无知己，天下谁人不识君

2015 年 6 月 19 日上午，上海交大医学院召开毕业典礼，儿子、儿媳经过 11 年的学习，终于取得了医学博士学位，我们家又多了两个博士。医学院的同事问我是否参加他们的毕业典礼，但因为上午有课，很遗憾我没能参加他们这一生最值得纪念的仪式之一。

我记得 2004 年高考结束后，儿子填写志愿时曾说，不学医、不学和生命科学有关的任何专业，但是我们夫妻俩都想让孩子继承我们的衣钵，将来当一个救死扶伤的医生，坚持让他学了医。好在他上大学以后，逐渐喜欢上了医学，并坚持在硕士毕业后又读了博士。7 月份起，他们将开始新的学习历程——住院医师规范化培训。

在他们即将开始新生活之际，我有两个故事想对他们讲，还有一句嘱托，希望他们帮我传承下去。

先讲第一个故事，这大概是 1981 年初的事情。当时我在读大四，学完了眼科学之后，去山西省眼科医院见习，负责我们实习的是范雪定教授，具体给我们带教的是一位副主任医师。当时，副主任医师可是凤毛麟角。我一直怀念我的老师们，无论是教授，还是讲师，基本都是老一辈的做派，严谨、认真。那天下午，来了一个女病人，她摘了墨镜以后我们才注意到，她的眼裂非常小，小到仅能看见瞳孔。这个病人告诉我们，她已经在很多家医院看过了，大家都没有办法，于是有人建议她来眼科医院再看看。带教我的副主任医师仔细地给她进行了检查，然后非常耐心地告诉她，这个病是先天性疾病，没有治疗的好办法。病人听了以后，非常失望地离开了。过了一会儿，范雪定教授来到了我们的诊室，在得知情况以后，很严肃地批评了给我带教的副主任医师。他说无论怎么样，也不能让病人在走廊里哭。这位副主任医师马上去走廊把那个病人请回了诊室，又耐心地用其他仪器检查了一遍，最后再次耐心地解释了她患病的可能原因，以及我们的技术水平还无法为她进行有效的治疗的现实。虽然整形手术可以让她的眼裂变大，但由于她的巩膜根本就没有发育，所以整形手术也很难取得良好的效果。后来，我在讲发育遗传调控的时候，提到果蝇有一个小眼基因，在哺乳动物当中也有同源基因。每当这时，我都含着泪要给同学们讲范雪定教授的这个故事，他是我心中友善对人的典范。讲这个故事是想告诉我的儿子，要善待每一位来找你的病人！

第二个故事是 1981 年冬天，我在山西医学院第二附属医院心内科实习时经历的事。有天下午，从一个县级医院转来一位因心肌病造成严重窦房结功能障碍的病人。查房的时候，王加叽主任认真听了患者的心肺，仔细分析了患者的心电图。在讨论病例的时候，王主任说根据患者的情况，必须马上安装起搏器。当时的起搏器，一个将近 2 万元，电池还是外置的。在得知患者是一个农民的时候，王主任心情非常沉重。假如是工人，单位可以出这笔费用，而对于一个农民而言，这无疑是一个天文数字。王主任说，我们有一个示教用的起搏器，刚从美国进口的，还没有用过，我去跟院长申请，免费给这个农民兄弟用上，我们一定不能让病人就这样死在病床上！当天下午，王主任就从山大一院请来了安装心脏起搏器技术最好的赵秀芬主任。赵老师身高只有一米四多，随身带着一个脚踏板，站在上面她才能够着病人。手术很成功！我们都在为这个病人庆幸，他遇到了好机会，也遇到了好医生！手术后的第三天早晨，我刚值完夜班，早上查房时，这位病人问我是不是可以回家了，我说今天上午我们再商量一下。结果我刚转身，就听见病人咳嗽了一声，我看到病人脸色开始发紫，便马上跑到护理站喊护士和值班医生。抢救虽然很及时，但还是回天乏力。无论我们怎么电击除颤、怎么胸外按摩，直到我们的胳膊都感到非常酸痛，还是看不到心电图有任何起伏。虽然我们都尽全力了，但仍然没能挽救回病人的生命。这个故事是想告诉我的儿子，对待病人要尽自己的全力，尽管多数的努力可能是不成功的！

明天是端午节，也是父亲节，这是儿子的第一个父亲节。在他步入工作岗位以后，我就让他替我每个月给奶奶寄一笔钱。当然，钱还是我出。这样转手的目的是为了把孝心传递下去，让孩子从小就懂得孝顺是中华民族的优良传统，也是我们的美德。

努力吧,孩子! 莫愁前路无知己,天下谁人不识君!

（写于 2015 年 6 月 19 日）

我和我的研究生们

有一年春季回太原省亲，学生们请我吃饭。酒酣之际，东星问："乔老师，您觉得你的哪个学生最好?"这个问题让我很难回答。他接着问："您是不是觉得智勇最好?"智勇是我第一个研究生。小伙子个儿不高，但人品、学习、实验都非常棒。当时我还不能招博士，他硕士毕业以后，我就把他送到德国去了。人各有千秋，我在心里也默默地比较了我所有的学生，每个学生基本上都让我满意，要说哪个学生最好，这还真难。我上大学的时候，我们班流传着一句话"人固有一萎"，也就是说每个人都有自己的弱点。对于我的研究生们来说，在学习的某一个阶段，他有哪点让我感到不满意的地方，我倒是非常清楚。泰戈尔曾说："我的眼睛为你流着泪，心却为你撑着伞。"其实，看见学生有问题，对他/她进行批评教育，这何尝不是眼里看见的和心里想着的统一？学生毕业的时候千叮咛、万嘱咐，也何尝不是为了他们今后的人生一片光明？

绝不轻言放弃

每个实验室都有自己培养研究生的一套做法。我们实验室的研究生进来以后，我会根据研究计划，比较具体地安排学生阅读文献，制订研究方案；很多实验细节我也会和学生们一起讨论；遇到我不懂的地方，我也会带着学生去请教其他老师。我认为这样的做法能够保证学生顺利毕业，并受到很好的训练，缺点则可能是学生的创新不足。但总体来说，能从我们实验室毕业的学生，受到的训练都非常充分，因此有很多老师向我“预订”博士研究生。我的研究生毕业以后，在各自的岗位上也都取得了不错的成绩。

大概是 1996 年的时候，乔健天教授把他最好的一位直博研究生瑄放到我们实验室培养。当时我们刚开始研究尼古丁对黏附分子表达的影响。为了观察尼古丁对血管内皮细胞的损伤作用，我们需要原代培养的脐带静脉内皮细胞。虽然国内外有很多文献说明可以使用胶原酶和胰蛋白酶混合消化获得内皮细胞，但是我觉得胰蛋白酶对内皮细胞的损伤还是很大，所以决定单纯使用Ⅰ型和Ⅳ型胶原酶消化。我当时申请到的国家自然科学基金，整个项目才 8 万元，而这些酶都需要进口，价格非常昂贵。开始的时候，一直分离不到内皮细胞，我们又从 Sigma 定了内皮细胞生长因子。这样一个学期快过去了，瑄的实验没有任何进展，她看见其他同学进展顺利就沉不住气了。有天下午，她到我办公室哭着对我说太难了，要求换一个研究方向。我随口答应了，让她先回去放松一下心情，明天上午再一起讨论她将来做什么。第二天上午，她来到我办公室。我说："我和你一起培养内皮细胞。"在倒置显微镜下，我仔细观察了瑄培养的细胞，发现培养皿里密密麻麻地悬浮着很多不贴壁的圆形细胞，但是当物镜反复移动的时候，终于发现了一些梭形的贴壁细胞，我认为这些细胞可能就是内皮细胞，而悬浮的细胞可能是血细胞。我们洗掉悬浮的细胞以后，贴壁的细胞很快就长满了培养皿。后来经过流式细胞仪鉴定，内皮细胞占了总细胞的 90%以上。这之后，瑄的实验进展就非常顺利了。她在 5 年时间里，发表了 4 篇 SCI 论文，她的博士论文还被评为山西省优秀博士论文。颁奖那天，乔健天教授让我作为指导教师去领奖。虽然瑄的博士论文上写的指导教师是乔健天教授，但是那天颁奖的时候，省教育厅主持会议的领导宣读指导教师时也有我的名字，我很不好意思地上台领了奖。回来的路上，我问瑄有什么感想。她回答说："我还记得那天上午您告诉我继续培养内皮细胞的场景，也清楚地记得我当时的心情，现在我才真正懂得，在困难面前多坚持一下有多么重要。今后无论遇到什么困难，我都不轻言放弃！"

瑄的这段经历和她不轻言放弃的精神追求，也成了我对研究生进行入组教育的好实例。

统一培养标准，注重过程管理

所有新进入我们实验室的研究生和本科生，都要经过统一的培训：

（1）PCR 后，将产物克隆至 T-载体；

（2）学会细胞培养和传代；

（3）收集蛋白后学会 SDS-PAGE 和 Western-blot。

因为这几个实验学会了，以后就没有什么实验操作上的问题了。

我早期的研究生是 70 后。他们的学习目的非常明确，很用功，也很自律。看见我的办公室不整齐了，他们还会帮我整理打扫，我好像没有为他们的毕业操多少心。但是从 80 后开始，特别是 90 后的学生，因为多数是独生子女，这就让我为他们多操了很多心。每个学生来实验室面试的时候，我都会告诉他们，按时拿到学位是他们读研的最主要目的，为此需要付出比别人更多的艰辛。多数学生听进去了，他们抓紧一切时间，在实验室做实验，不懂就问，认真读文献，一门心思想着顺利毕业。这样的研究生都按期获得了学位，毕业后或者工作，或者出国。当然，也有个别学生是父母逼着读研的，这样的学生很是被动，甚至不能完成研究生阶段应有的训练。

我每天到学校以后，总会端着咖啡去实验室和学生办公室转一转，看看哪些学生来了，哪些学生不在，和学生们讨论一下他们的研究进展，了解他们需要什么帮助。洪开始的时候还好，但是他女朋友备考研究生的时候，我就看不到他的踪影了，也经常联系不到他。好不容易联系上了，他却告诉我说燕红姐给他安排了工作。于是，我去找学生办的燕红了解情况，真相是他在帮助女朋友复习功课。

我和其他老师聊过学习困难学生的毕业问题。大家一致认为，假如学生努力了，但是由于实验设计或者其他不可抗拒的原因，研究生得不到应有的研究结果，导师们就一定会想办法帮助他，或者更换课题，或者让师兄师姐们帮忙，使这个学生顺利毕业。但是，帮助是有限度的，假如学生找各种理由不来实验室，妄想坐享其成，混个学位，对这样的学生，老师们除了督促和批评教育外，别无他法。

社会上急功近利的风气对研究生们的影响也非常大。学校规定，博士研究生和硕士研究生需要先发表论文才能毕业，所以学生们对发表小论文非常重视，当然我也很重视。学生一入学，就和他们一起制订研究方案，定期召开组会，听学生们介绍研究进展，监督他们阅读文献。只要我在学校，每天都会了解他们研究的进展和困难……学生们也能理解我的苦心。论文写作之前，我会给他们指导写作大纲，论文写好之后，我还要帮助他们认真修改。硕士研究生的论文要求发表的期刊影响因子比较低，还是很容易发表的；但是博士研究生的论文，首次投稿则拒的多、收的少，好在有我的鼓励，学生们也没有特别的焦虑。论文发表以后，就可以申请学位论文答辩了。有个别学生，对学位论文不很重视，他们以为发表了小论文，答辩委员会就会通过他们的学位论文申请。其实发表小论文只是获得了答辩资格，答辩是否能通过，盲审和明审专家以及答辩委员会的老师们主要看学位论文。曾有个硕士研究生，先是做单细胞测序，根据生物信息学提示再研究得出结论。他的研究工作量很大，但进展十分顺利，发表的论文因为版面要求，单细胞测序的内容以一张生物信息学的结果图代表了。论文倒是很快刊登了，但是在写学位论文的时候，他仅仅写了已发表论文里的那一点点内容，怎么劝都不愿意花功夫总结一下单细胞测序的结果。在答辩的时候，专家们就对他的工作量提出了质疑。在这种情况下，学生才花了几天时间补充了学位论文的内容。这样的事情，好像不仅仅是我们实验室的问题，有不少研究生的学位论文都写得一塌糊涂，导师提出的修改意见学生也未必愿意听取。这就像是父母批评子女，子女多半是左耳朵进，右耳朵出，而学校老师的批评才能听得进去一样。

我的眼睛为你流着泪，心却为你撑着伞

小椒是从其他学校考进交大的，说实在的，面试的时候我对学生没有过多要求，认为学生只要能通过入学考试，将来按照我们一贯的做法，抓得紧点儿，一定能够受到良好的训练，最后一定能够顺利毕业并获得学位。

入学以后，根据我们实验室的规定，我先让高年级的同学带着小椒学习了实验室的基本操作规范，然后就安排他跟着一个老师去做研究了。一个学期结束后，他有了一些初步的研究结果，这个时候我又找了一篇参考文献给他，让他根据别人的研究思路将工作深入下去。

但是，很快我在实验室和学生办公室就很难再看到小椒同学了。每每给他打电话，他总是告诉我马上就来，但我总是等不到他！过了大概两个月，我听见有人敲我办公室的门，结果

小椒把我办公室的门推开一条缝，右手捂着左胸对我说："老师，我有心理问题！"

他哪里是有心理问题，我听其他同学说，他是因为在外面参加公务员考试培训，所以不来学校。因此我对他说："你好好做实验去，一切心理问题就没有了！"

谁知道没过几天，小伙子又不来了。这次不说是心理问题了，而是很直接地告诉我自己是去参加公务员面试培训了。最终他取得了公务员考试的好成绩，并顺利通过了某局的面试。

我心想，工作找好了，这下该好好做实验了吧？我让他组会汇报一下工作，他就把前期其他人指导他完成的结果介绍了一下，问及以后的工作计划，他说还没有想好。再开组会，让他汇报工作，他就一次一次地推迟。后来总算进实验室了，几个月下来培养了细胞，检测了 3 种细胞因子，年终也终于有了新的研究进展。

又要放寒假了，小椒告诉我他不准备回家了。我想，他在学校认真做做研究，寒假过后实验结果再完善一些，论文写得更好一些，将来毕业就应该没有问题了。春节后，由于新冠肺炎疫情影响学生们不能返校了，但是小椒同学比较幸运，他没有离开学校。他给我发微信说，想先写要发表的小论文，同时再补一些实验。我觉得这个想法很好，就和他一起讨论了大纲。

两个多月过去后，我问他论文怎么样了，他说在写。我让他把写好的先给我看看，结果还是我前面告诉他的那几个字！我让他来我办公室，他却以进学院大门要事先获得批准为理，不愿意来；问他补实验怎么办，他说写完小论文再看。又一个月过去了，他写的论文还是那几个字。我有些担心了，4 月份了，即使这个时候把论文写好投出去，也需要 2～3 个月才能收到接收函，6 月份的答辩无论如何是赶不上了！他还一再说自己有心理问题，于是我通过学生办的老师联系了他的家长。家长就在上海附近打工，我们在校门口谈了一个多小时，我把小椒的情况向他的家长进行了详细说明。家长倒是挺通情达理的，承诺如果小椒真有心理问题，一定带他去看心理医生。

几天后，小椒终于又来我办公室了，但给我看的还是那几个字的小论文。我说，你没有好好地做实验，写论文的训练一定不能落下。又过了几天，他还是没有进展。我问他有什么困难，他说不会写。我建议他看看文献，学习别人怎么写的，他却回复说没有相关的文献。我感到很纳闷，一个硕士研究生的工作，再有创新，也不会创新到“前无古人”的地步吧？我就在 PubMed 上输了关键词，相关文献立刻就出来了。小椒这才告诉我，他查文献的途径竟然是百度。这肯定是我的错，是我没有教到吧！但是研究生的课程里有很多讨论课，都是需要读文献的呀！我以前让小椒写一篇与研究相关的综述，他也一直没有完成，这些可能都是他缺乏研究训练的原因吧！

终于，小椒的小论文初稿写好了，改了很多遍以后，被杂志接收了，他最终也顺利通过了答辩。临行前，他向我辞行。我问他：“你为什么要当公务员？你知道当公务员需要具备哪些素质吗？你知道怎么当好一个公务员吗？”显然，小椒同学还没有准备好。他说，想当公务员还是有初心的。具体什么初心，我没有继续问下去。但是，对于怎么当好公务员，他却没有想好。我说："在新的岗位上，要按照自己的初心，秉承自己做人做事的底线，发挥自己的能力和才智，去做自己该做的事情。这该做的事情，除了工作，也包括其他方方面面。最重要的是要有思想，要有造福一方的愿望。同时要能写会画，能说会道，能准确地把自己的观点表达出来。而想要能写会画、能说会道，就一定要多读书，读历史、读哲学，从中国的传统文化和世界的文明中汲取营养；要向周围的同事学习，不怕困难，乐于助人……"

但愿小椒在今后的道路上能够顺利！这正印证了泰戈尔的那句名言："我的眼睛为你流着泪，心却为你撑着伞。"但老师的伞也只能撑到这里了，以后虽然还会牵挂，但自己的路还得自己走！

知识改变了命运，也成就了自己

上海交通大学有很多来自贫困地区的农村孩子，他们通过学习改变自己命运的愿望更加强烈。这些学生通常学习更加刻苦，也更加上进。我有几个硕士研究生，父母都是农民，他们进入实验室以后都非常投入，研究进展也很顺利。我非常想让他们继续读博，但是这些学生都拒绝了我的好意。硕士毕业以后或者考上了公务员，或者去了会计师事务所或银行，凭着自己的努力，一点点地积累，在上海买了房，成了家。东北来的小文，父亲不在了，母亲靠拉板车维生。他母亲因为工作出汗多，喝不上水，得了肾结石。小伙子硕士毕业以后，坚决不再读博了，去了一个医药公司做销售。通过对市场的了解，再加上自己的聪明才智，在风投的帮助下，他在北京成立了自己的公司，现在规模还不小。

河南小伙儿祥刚来交大的时候，父母在武汉郊区种菜维生。有一年冬天，大雪压塌了他们住的窝棚……小伙子含着泪告诉我他父母的遭遇。我鼓励他好好学习，将来出息了报答父母的养育之恩。一个“白富美”小姑娘对他一往情深，但是女孩的父母却有些不满意小伙子的家庭条件。我告诉他，等你读了博士，女方的父母会改变态度的。果然，小伙子一转博，两人就结婚了。女孩的父母帮助他们付了房子的首付，还给他们买了车。博士毕业以后，他在一所高校做博士后，现在他们的儿子也已经两岁了吧！

来自农村的孩子，凭着自己的聪明和学识，在上海成家立业。他们充分利用了上海交大给他们的平台，提升了自己的能力。这些学生非常难能可贵！知识改变了他们的命运，也给他们的家庭带来了新的活力，更成就了他们自己！

有心栽花，无心插柳

智勇硕士毕业后，我联系了我在德国的导师文德利希（Wunderlich）教授，他答应给智勇一份奖学金，这样他在1997年夏天硕士毕业以后就直接去了德国读博士。1998年寒假期间，文德利希教授邀请我回学校看看。有一天中午，在学校食堂的饭桌上，遇到了在大学医学院（Uni-Klinikum）工作的老杨。老杨开玩笑地对我说，你怎么可以把小郭一个人孤零零地送过来，还应该给他送个媳妇过来呀。我回答道，他有个师妹今年毕业，我看看哪里有位置去联系一下。正好杜塞尔多夫糖尿病研究所有个教授在招博士，他们收了小姜的简历，很快就通知她办理入学手续。暑假之后，小姜背着行囊就去了德国。智勇当仁不让地当上了地陪。智勇答辩的时候，小姜还没有入组，因此在国内的时候他们两人还不很熟悉。但是到了德国，同在异乡为异客，两人很快就确定了恋爱关系。没过多长时间，智勇托我给他办理未婚证明。我心里想，他们应该是成了，只是没想到这么快。

来到交大后，我把在山西医科大和华西医科大新招的和在读的研究生都带到了上海，再加上我在上海招的研究生，实验室很快就扩大了。我的研究生们，小伙子们一个个帅气十足，小姑娘们一个个青春靓丽。有一天中午去食堂吃饭，我在前面走着，我的助手带着一帮美女跟在后面。路上遇到了农生院的董书记，她问我这是哪来的这么多漂亮女孩子。我当时还想，假如我的哪个女研究生能看上她的同学，也是美事一桩。很遗憾，开始的那几年，实验室里的男生说不吃窝边草，女生则觉得男生不讲卫生，没有成的。凌是个非常漂亮的女生，其他实验室的一个大个子男生很喜欢她，每天抽空来我们实验室帮助凌洗试管，配缓冲液。尽管这个男生白白净净、人高马大的，但落花有意，流水无情。这个女生工作以后，和她的高中同学结婚了。那个时候，刚有了交友网，很多人喜欢在网上交朋友。有的学生归宿很好，也有一个女生结婚没几年就离了。我私下和我爱人说，假如她当时和某某成了，一定会很恩爱的。当然这只是假如。

我实验室的同门师兄妹们虽然成了两三对，但在学校期间并没有公开恋情，都是毕业以后我才知道他们要结婚了，还去作了证婚人。也可能是认为我不反对学生们谈恋爱，也可能觉得我不会管学生们的私生活，后来真的有学生公然在实验室里谈恋爱，甚至做出一些让别的同学脸红的动作。对于这样的学生，我把他们分别约到办公室，私下进行教育，提醒他们学生办公室是一个公共场所，不允许有私密举动。我认为恋爱初期就非常亲密的，不一定能长久，所以我也对他们讲，都是师兄妹，将来即使成不了夫妻，也不要成为仇人，要珍惜在一个实验室学习的缘分。果然，热乎劲过去以后，就没有以后了。为了避免那份尴尬，那个男生硕士毕业以后，我把他介绍到其他导师名下读博了。现在他们分别成了家，都有了自己的孩子和事业，让我感到很是欣慰。

有前进一寸的勇气，亦有后退一尺的从容

虽然我对研究生要求很严格，可也有一个研究生没有拿到博士学位，这让我感到很遗憾。

我的博士研究生绝大多数都在大专院校和科研院所从事科研工作，很多人都是科室主任、中层干部等单位骨干，有的已成为教授、博导了。当然，也有在公司从事研发工作的。

我的硕士研究生毕业以后，有从事专业研究的，也有当公务员的，或者在医院、研究单位从事科研辅助工作，在中学当老师；有在四大会计师事务所或者银行当主管的；也有自己开公司当老板的；当然，也有在国内外著名大学继续深造的……

我很少从外校招博士研究生，一般情况下，或者是交大自己的本科生直博的，或者是实验室硕士转博的。小聂本科毕业设计就在我们实验室做的，理所当然地成了我的硕士研究生。他研一的时候就发表了一篇很好的 SCI 论文，本来打算继续读博的，结果春耕的时候他妈妈眼睛被牛顶伤了，于是他决定不读博了，硕士毕业后在毕马威（国际四大会计师事务所之一）找到一份不错的工作。

海玲的父亲身体不太好，在家务农，母亲是聋哑人，但是海玲姐妹们都很有出息。出人意料的是，海玲硕士毕业以后没有在上海找工作，而是和一个慈善机构联系，到云南省临沧市云县幸福镇幸福中学当了两年教师。她暑假路过学校来看我，我发现原来白白净净的小姑娘，皮肤被高原的紫外线晒成了古铜色。我问她为什么选择去那么偏远的地方支教，她回答：“在我成长过程中，遇到了很多好人，得到了很多帮助。特别是到了上海以后，才知道我生长的菏泽乡下和魔都有多么大的差距。在上海交大的日子里，世界观和价值观都得到了升华，见识也增长了很多。我想菏泽都比上海差这么多，那些从来没有出过大山的孩子们更是不知道外面的世界有多精彩了。怀着感恩的心，怀着通过支教影响几个和我一样的孩子的心，怀着传递爱的心，我就选择了去支教。”海玲从云南回来以后，先是在上海的一个慈善机构做事，后来和我的一个博士研究生结了婚。她现在已经是两个孩子的妈妈了。我有时候想，再过两年退休后，是不是也学习一下海玲，去体验一把志愿者的经历？

昨天，本成还把他一家四口的幸福照片发给了我。本成是来自湖北恩施大山里的土家族少年，硕士毕业后选择了回乡创业。如今，他的“鹏展虫控”做得风生水起，在当地农业害虫防治工作中取得了很好的成绩，生活很幸福。

我一直在想，我怎么就这么有福气，遇到了这么多优秀、懂事的学生？他们学业优秀，工作出色。我们不仅仅是师生，更是朋友。无论他们现在和将来的学习、工作和生活怎么样，我都希望他们“有前进一寸的勇气，亦有后退一尺的从容”。

（写于2020年9月10日至15日）

放飞心中的梦想

——3 月 20 日在学院研究生毕业晚会上的诗朗诵

这首朗诵诗是 2013 年 3 月 20 日我和夫人在学院研究生毕业晚会上表演的节目。记得是 3 月 15 日，国际消费者权益日那天，学院研究生会的负责人跟我说，想邀请我和夫人为大家表演一个节目，原因是他们上过我们的很多课。上过我们很多课就意味着做过很多我们布置的作业，现在又以上过我们很多课的名义，邀请我们表演一个节目，这不是在毕业的时候给老师布置作业吗？“报复”我们啊！

我也曾经是一个好学生，每次老师布置的作业都认真完成了，但是学生给我布置作业还是第一次。这个同学让我把回复直接告诉我的一个研究生。我的那名学生找我的时候竟然说，她是今天晚会的主持人，如果我们不去，她也不去了。好家伙，我们必须参加今天的晚会，还必须要表演一个节目，否则，主持人就不去了，晚会也开不成了！

当学生的时候就不怕写作业，现在当了这么多年的老师，还怕学生布置的作业吗？于是我找夫人商量合唱一首歌。夫人说她可不敢和我一起唱歌，因为我每次唱歌都自己谱曲，每次还谱得不一样，她建议朗诵一首诗。朗诵什么呢？她就“命令”我写一首可以朗诵的诗。于是，我就根据我们自己的经历和对大家的美好愿望，写下了这首可以朗诵的打油诗。我夫人还不顾我的反对，加进很多她的想法。一直到上台前，她才给了我最新的版本。希望大家喜欢！

放飞心中的梦想

小时候，我常常在梦想
长大后，要成为一个威武的军人，守卫祖国的边疆
小时候，我常常在梦想
长大后，要成为一名工程师，用自己的双手规划世界的模样
小时候，我常常在梦想
长大后，要成为一位科学家，在知识的海洋里荡漾

艰苦的知青生活，阻止不了我们的向往
田间地头，历练了我们的肩膀
劳动间隙，我们默默背诵着先知的文章
煤油灯下，我们在书中苦苦探寻前进的方向
改革的春风，将我们送进了知识的殿堂
学术的力量，为我们架起了实现梦想的桥梁
知识改变了我们的命运，还让我们收获了爱情和希望

前行的旅途布满了荆棘和路障

青椒的苦涩成了鞭策我们刻苦的力量
读书、游学强硬了我们的翅膀
走过的路上处处留下我们的汗香
勤奋工作成就了我们的理想
收获了成功，也实现了梦想

今天的你们，就像我们的昨天一样
个人的幸福、父母的嘱托，还有祖国的未来都会给你力量
能力的积累，必将会让你抬头远望
四海为家，迎着朝阳，展翅飞翔

把握好每一个机会，成功绝不会仅仅是你心中的梦想
历史将成就你们，你们也将引领世界发展的方向
你们的成功，要依靠你们的自强
未来属于你们，因为你们就像早晨八九点钟的太阳
梦想成真，放飞你们心中最美好的梦想

（写于2013年3月23日）

学贵得师有典范

《礼记·学记》中说："凡学之道，严师为难。师严然后道尊，道尊然后民知敬学。"其实，在学习过程中，以尊敬老师最难做到。老师若受到尊敬，老师所传授的真理和学问才会受到敬重。真理和学问受到尊重，人们才会敬重学问，认真学习。乔中东记录的几个老师，无论是院士，还是给他上过课的老师，甚至是援藏的中学教师，哪一个不是捧着一颗心来，不带半根草去的圣者？

凤凰于飞

机缘巧合，从 1995 年开始，我就与厦门大学结下了不解之缘，时不时地总有机会来厦门大学学习交流。每次来到美丽的厦大，我最喜欢徜徉在高大的凤凰木之下，心里想着刘欢的那首《凤凰于飞》歌词“凤凰于飞，挥挥绮羽，远去无痕迹”，远眺若隐若现的海岛。凤凰木是厦门大学的校花，取名于“叶如飞凰之羽，花若丹凤之冠”，因其鲜红或橙色的花朵配合鲜绿色的羽状复叶，是世上色彩最鲜艳的树木之一。

厦门大学的凤凰木（厦门大学谢莉萍老师提供）

今年3月底，应唐崇惕院士之约，我来厦门大学参加她最后一个博士研究生的毕业论文答辩会。唐院士很早就和我约了时间，并且一再要我告诉她我去厦门的航班号，并一如既往地要来机场接机。考虑到唐院士已89岁高龄，我一再婉拒说我是晚辈，自己打车过去就可以了，或最多派一个学生来接机。但是唐院士说，当初她父亲唐仲璋院士的学生来厦门出差的时候，唐老院士总会带着她到机场接客人，这个传统不能坏了。唐院士的这句话让我感到诚惶诚恐。我一个晚辈，一个学生，何德何能享受这么高的礼遇？幸亏在机场见到的是健步如飞的唐院士，才让我心里稍安。每次到了旅店后，唐院士一定要目送我进了旅店的大门才肯回家。我离开厦门的时候，因为时间比较早，旅店没有早餐，老人家就给我准备了牛奶和饼干……

虽然每次唐崇惕院士都坚持到机场接送我们，但是她出差的时候却怕给别人带来不便，坚决不让接送。记得1980年代后期，有一次唐院士去华西医科大学讲学。当时的通信设备没有现在这么发达，唐院士也没有告诉胡孝素教授她的车次，下了火车以后，自己一个人坐公交车到了教研室，让胡教授措手不及。但是黑板上写着的“欢迎厦门大学唐崇惕教授指导”这十余个大字，却实实在在地体现了胡老师事先的精心准备。

大概是1998年，我去郑州参加全国动物学会的会议，报到的时候遇到了唐院士，她捂着腮部，表情有些痛苦。她告诉我自己牙疼，我看了一下，发现她的牙龈肿了，问她有什么药，她说只有西瓜霜。我说帮她去药店配点儿药，唐院士非要和我一起去。我们买了一点儿阿莫西林和甲硝唑。第二天，她在会场上专门找到我，告诉我她的牙不疼了。这以后，只要见面，她都会告诉周围的朋友，我曾经给她治过牙疼。这么一件小事，20多年过去了，唐院士仍然念念不忘。

我认识唐院士的很多同学，他们或多或少地帮助、指导过我，这些老师也是我和唐院士一起经常谈论的话题。我经常会在相册中见到一些我不认识的老师，问唐院士他们是谁，现在在哪里。唐院士总是一一道来，特别是她的两个同学，由于各种原因，事业发展不是很顺利，唐院士每每谈及，总是很遗憾。而唐院士和她的父亲在"文革"初期遭遇过的不公，她却从不谈及。她只告诉我为什么她会去研究某种寄生虫的生活史，又怎么去防控这种寄生虫病的。

中山大学的伦照荣教授曾写下了这两句话"父女双院士，三代皆习虫"，让我接后面的句子。我一直没有想好怎么接。唐院士从形态描述开始，研究寄生虫的生活史，再根据生活史去研究如何防治寄生虫病。她70多岁高龄时，还在学习应用分子生物学、免疫学等现代生物技术，以研究寄生虫与宿主之间的关系，特别是后睾吸虫感染钉螺以后对日本血吸虫的生物控制等。她一生都在努力，一生都在学习，一生都在为人类健康奉献着自己的光和热。在唐仲璋、唐崇惕等院士的带领下，我国寄生虫学界的专家们共同努力，使得我国的各种寄生虫病得到了有效的控制，很多寄生虫病已被消灭。我经常想，正是对寄生虫病防控事业的热爱，才有了唐家三代科学家的事业传承。曾经群星璀璨辉煌的寄生虫学界，就是因为这个学界的专家们太努力了，消灭了寄生虫及其疾病，也让寄生虫病的研究队伍在逐渐缩小。而唐家的第四代科学家们，秉承了家学渊源，虽然不再研究寄生虫了，但是也选择了和人类健康密切相关的生物医学工程方向。唐崇惕院士的孙子、孙女，选择了太爷爷曾经就读过的约翰斯-霍普金斯大学（Johns-Hopkins University）深造，现在这两个孩子均已获得博士学位，从事着他们喜欢的科研工作。

我又想起了《凤凰于飞》的歌声，想起了《诗经》中的句子：

凤皇于飞，翙翙其羽，亦集爰止。蔼蔼王多吉士，维君子使，媚于天子。

凤皇于飞，翙翙其羽，亦傅于天。蔼蔼王多吉人，维君子命，媚于庶人。

凤皇鸣矣，于彼高冈。梧桐生矣，于彼朝阳。菶菶萋萋，雝雝喈喈。

唐崇惕院士就像一只金色的凤凰，胸怀事业，从不抱怨，时刻为他人着想，别人的点滴帮助永不忘。美丽的凤凰在天空中翱翔，翅膀震动发出璀璨的声响，汇集着巧夺天工的能量；美丽的金凤凰在婉转地鸣唱，展翅飞向那高高的山岗，高大的梧桐树就是她栖息的地方；美丽的凤凰，迎着朝阳在悠悠地鸣唱！

（写于 2018 年 4 月 20 日）

教授·院士·卷菜饼子

我在2002年初就认识贺林院士了。当时他只是一名长江学者,还不是院士。

2003年,萨瑟恩(Southern)来上海访问,贺老师给我打来电话说,萨瑟恩想和农学院的老师座谈,请我张罗张罗。我记得萨瑟恩到交大农学院后参观了几个实验室和农场,顺便也参观了我的实验室。之后,我们向萨瑟恩介绍了各自实验室的情况,萨瑟恩也讲了讲他的一些想法。其间,由贺老师客串翻译。交流结束后,中午我们一起简单吃了一顿客饭。他们离开后,很多老师都说,以前没有和贺老师这么近地接触过,现在才知道贺老师如此平易近人。

这之后,我和贺老师也时有接触,有的时候是参加他的研究生答辩会,有的时候是在一起做评审项目,偶尔也会一起吃个盒饭。

从2006年起,我开始担任国家精品课程"现代遗传学"的负责人,给生命科学技术学院的学生们讲"遗传学""分子生物学"和"基因工程原理"等内容。为了让学生们领略到大师们的风采,我邀请了曾溢滔院士讲述基因诊断。曾院士以β血红蛋白突变引起的地中海贫血为例，为学生们深入浅出地讲解了怎么进行实验设计，怎么判断实验结果。最后，曾院士讲到，1980年代，有一对姓谢的夫妇，第一个孩子因苍白水肿没能存活下来，在妻子第二次怀孕17周时，来上海请曾溢滔教授为腹中的胎儿进行产前诊断。曾院士通过血液学、血红蛋白和珠蛋白基因分析，确认夫妇俩均是b地中海贫血杂合子。经过遗传咨询后，夫妇双方都同意通过羊水细胞的DNA分析对胎儿做产前基因诊断。非常幸运的是，羊水细胞DNA分析结果显示胎儿没有遗传到父母的突变基因，也就是说没有罹患b地中海贫血，母亲继续妊娠直到分娩。胎儿降生后取脐带血进行DNA分析，证实产前基因诊断无误。父母喜悦万分，将新生儿取名为“上海”，以示对上海以及曾溢滔教授及其同事的感激之情。这个故事在学生中反应非常强烈，激发了学生们学习分子生物学的热情。

谢上海满月照

上学期，我还邀请了贺林院士给学生们讲授“基因组的魅力”，学生们反映很好。这学期快开学的时候，我在一个学术会议上碰到了贺院士，他问我下个学期是否还有课，并主动提出想再给学生们上一次课。我们两人当时就定下了上课日期，贺院士把时间认真地记录在他的手机备忘录里，还和我商量讲什么，最后我们确定讲短指基因。

10 月 15 日上午，我像往常一样，提前 20 分钟到达教室。刚把计算机打开，贺院士就进来了。他从短指这个显性常染色体遗传开始，一直讲到他如何指导学生解开这个世纪之谜，再到 IHH 基因突变会造成短指和长骨缩短的详细机制等。课后，学生们还围着贺院士探讨了一些自己感兴趣的问题。

快 12 点的时候下课了，我建议去留园吃饭，贺院士说还是去食堂吧。交大的高知餐厅在第一食堂，我们上课在东区。因正值下课时间，开车往第一食堂的路上都是学生。路过第二食堂时，贺院士说我们在这儿吃饭吧，这么多学生，不要出事了。他让司机去停车，我们两个进去看有什么吃的。结果他一眼就看见了卷菜饼子，跟我说就吃这个吧。我觉得有点儿太简单了，辛苦了一上午，就让他吃这么简单的“大餐”，有点儿不好意思，但他还是坚持。于是我只好买了 6 个菜饼子，连带司机，一人两个。我们两人拿着饼子到了我的办公室，磨了一点儿咖啡，就着饼子边吃边聊，天南海北，海阔天空……

快到一点钟的时候，他说一会儿还有人找他，要回徐汇校区办公室。我送他到楼下，上车的时候他还一再感谢我中午请他吃卷菜饼子，说很好吃。

贺院士走了以后，我的助手说，你们中午怎么就在办公室吃饭，也不带贺院士出去吃点儿好的，您也太小气了吧？

是的，我也觉得我太小气了，不像招待客人的样子！

（写于 2013 年 10 月 17 日）

天命玄鸟

——纪念张文忠教授百年诞辰

《诗经·商颂·玄鸟》的起始几句为:“天命玄鸟,降而生商,宅殷土芒芒。”意思是天命的玄鸟降临人间,帝喾的次妃简狄看到一枚玄鸟的鸟蛋,她吃了后就怀孕生下了契,而契就是商人的始祖。我这里也想讲一个像玄鸟一样的人,他就是张文忠教授。他自 1951 年 8 月开始担任山西医学院人体寄生虫学教研室主任。在他的努力下,山西省的寄生虫学教学、科研和寄生虫病防治得到了极大的发展,对人类健康具有极大危害的寄生虫病在山西省得以较好的控制。张文忠教授就是一只玄鸟,他成就了山西省的寄生虫学研究,山西省这片土地也成就了张文忠教授。

在张教授的积极努力下,他的同学肖霭祥老师也追随他来到了寄生虫学教研室;1953 年,山东医学院寄生虫学高师班毕业的路应连老师也来到了寄生虫教研室。随后王昌敬老师从上海调入,田庆云老师和殷润华老师先后毕业留校任教。到这时,教研室已经人才济济。张文忠教授具有前瞻性地提出,山西医学院寄生虫教研室如果想进一步发展,就必须在科研上有所作为。考虑到当时的实际情况，结合国家除“四害”的战略，他提出了以医学昆虫为重点研究对象，并进行了详细的分工。张文忠主要研究蚊蝇，肖霭祥老师研究蚤类，王昌敬老师研究蝇类，路应连老师研究白蛉，田庆云老师研究蜱螨，殷润华老师研究蝇类生态。这样大家分工合作，各有重点。很快，他们就基本摸清了山西省医学节肢动物的分布和种类，所发现的一些新种被《中国常见蝇类检索表》引用，王昌敬老师还参与了《中国经济昆虫志》的编写工作。

在教学工作中，张文忠教授带领全体教师和技术人员，对课程进行大胆改革，每一种寄生虫都画了很大的图片，让坐在最后面的学生也能够看清楚寄生虫的结构和特征。他还要求大家上课必须认真备课，讲义可以带，但是不能照着念。很多标本都是老师们自己亲手制作的。寄生虫学尽管是小课，但是仍然得到了同学们的喜爱和重视。

由于个人卫生和环境卫生工作做得不足，有相当长的一段时间，寄生虫病是危害我国人民健康的重要传染病。为了保障人民的健康，张文忠教授带领教研室全体老师，不畏艰辛，深入厂矿和偏远农村，几乎走遍了全省各个县市，对人体寄生虫病进行普查普治。他们一方面摸清了山西省寄生虫病的现状，另一方面也满足了广大人民群众对健康的迫切要求。寄生虫学教研室还经常对基层人员进行培训，培养了 380 多名乡村医生。老师们下乡采集标本时，总是能得到各级医疗机构和村民们的热情接待。

工作中的张文忠教授（张杰提供）

1983 年暑假，我随导师路应连副教授去大同市和雁北地区采集标本。这是我第一次跑现场，对所有的事情都感到非常新奇和有趣。到达怀仁县以后，路老师说，我们选一个老地方。这个老地方就是海北头公社清泉大队。县防疫站的同志把我们介绍给一个村干部，他一听我们是山西医学院人体寄生虫学教研室的专家，非常激动，马上跑到旁边的小卖部买了几瓶啤酒和罐头，不顾路老师的拒绝，硬要往路老师怀里塞，嘴里念叨着，你们可是我们的恩人……

这位村干部说的事情发生在 1976 年夏天。那时，清泉村的羊突然开始大批死亡，县兽医站和防疫站的同志们在村边的池塘里发现了螺。人们在互相传着，南方的钉螺从地底下钻到了怀仁，血吸虫病在当地暴发了。一时间，村里人心惶惶。县委把这件事情报告给省委，省委就找到山西医学院寄生虫学教研室。于是，张文忠教授带着几名老师风雨兼程赶到了现场。他们很快就在羊的尸体中发现了吸虫，并在池塘中采集到了螺，当场就确定了螺不是钉螺，而是椎实螺。张教授又指导当地的群众用生石灰灭螺。这样，老百姓的情绪很快就稳定了下来。标本带回太原以后，张教授又带领大家夜以继日地跑图书馆，查资料，做比对，请教专家，终于确定了螺属于椎实螺科的耳萝卜螺，羊体内的吸虫是土耳其斯坦东毕吸虫。疫情终于解除了，张文忠教授和同事们也放下了这块压在心中的石头，开始了新的工作。

1976 年粉碎“四人帮”以后，拥有强大的医学昆虫学研究成就的张文忠教授，参加了中山医学院主编的全国高等院校试用教材《人体寄生虫学》第一版（1979 年 7 月，人民卫生出版社）的编写工作，医学昆虫部分均由张文忠教授执笔。

1979 年，山西医学院寄生虫学教研室成为国务院第一批批准的硕士学位授予点。除了科研与著书立说外，张教授还培养了多名优秀研究生。这些研究生毕业以后，在国内外的寄生虫学研究领域都取得了不俗的成就。

张教授的研究成果还多次被国际著名杂志、英国的《应用昆虫学评论》转载，很多国外的科学家来信来函请求文章的单行本。鉴于张文忠教授的学术影响力，1984 年和 1986 年他分别应邀出席了在德国汉堡和匈牙利布达佩斯召开的第 17 届国际昆虫学会议和第一届国际双翅目昆虫学会议，并作了大会主题发言。

1988 年 10 月，工作了 47 年的张文忠教授退休了，但是他

张文忠教授带领学生们在庞泉沟采集标本(张杰提供)

仍然关心着学校寄生虫学的研究和教学工作,经常在教研室和大家一起讨论学术问题,研究教学和科研工作中出现的问题。

“天命玄鸟,降而生商,宅殷土芒芒。”张文忠教授就是一只专为山西省的寄生虫病防治而诞生的玄鸟,飞来山西,为山西省人民的健康事业和教育事业奉献了自己的一生。山西省成就了张文忠教授,张文忠教授也为山西省寄生虫病的防治做出了巨大的贡献。他的功绩,人们会永远铭记。

(写于 2019 年 4 月 2 日)

拜访王昌敬教授

我读本科和研究生时，山西医学院人体寄生虫学教研室给我们上过课的几位老先生中，张文忠教授最先因心脏病离开了我们，然后是最年轻的殷润华老师因癌症于 1994 年去世，之后是肖靄祥教授、田庆云教授相继离世，现在就只有路应连教授和王昌敬教授健在了。

调到上海工作以后，只要回太原，我总会去看望我的导师路应连教授和王昌敬教授。记得最后一次去王老师家拜年，曹老师（给我上解剖学的曹连吉教授，王昌敬老师的丈夫）还问我交大在上海的哪个区，离上海中学远不远。原来王老师的父亲曾经是上海中学的校长，王老师也是上海中学的毕业生。大约五六年前，路老师告诉我，曹老师不在了，王老师被女儿接到北京去了。

前段时间在西北出差，路过一些寺庙，勾起了我对往事的回忆，给同行的晓君院长讲了一段我年轻时候的故事。河水从山西省五寨县沿着大山流出，向芦芽山进发，河两旁植被茂密，气候宜人。我第一次去那里的时候，是和我导师路应连教授去采集白蛉标本。那里的生态环境给我们留下了极好的印象，当时我们就说今后一定要再来一趟。大约是 1987 年,路老师、王老师和我一行三人利用暑假又来到了芦芽山林场,在那里我们大约住了 3 周。每天早晨,我们都喝小米发酵后做成的酸稀饭,吃土豆、莜面蒸的拨烂子,然后带上几个馒头和一些咸菜上山……

芦芽山顶(张嘉薇摄)

结束的前一天,县防疫站的老师说,你们应该去看看芦芽山顶的风光。记得那天天气很好,我们几个边采标本,边往山上爬。路上能看到"文革"中被拆毁的庙宇遗址,有人用石头摆放了佛龛,依稀能看到祭拜的痕迹。在我们前方有十几个游客,遇到这些祭祀的地方,他们就会贡献一些祭品。我路过的时候,看见小石头下压着几毛钱,周围也没有人,就顺手揣到了兜里,一路上共捡了约 2 元钱。回去的路上,我很开心地告诉王老师,明天我们在火车上有瓜子吃了。她问我怎么回事,我就把偷偷揣了祭拜钱之事告诉了王老师。王老师对我说:"你个捣蛋鬼,这样的钱买的东西,我可不吃。"

晚上,林场的领导为我们饯行。食堂多炒了几个菜,还有一些白酒和几瓶过期的啤酒。大家蹲在食堂前的空地上聚餐，王老师和路老师代表我们一行向林场的领导和食堂的师傅们表示感谢。第二天早晨，我吃过了早饭还不见王老师出来，就去她的房间找她，发现门窗大开着，里面却没有人。疑惑间，王老师出来了。她问我闻到什么没有，我说没有呀！她开玩笑似的说，昨晚她又吐又泄的，肯定是我拿了不该拿的钱，神在惩罚她。我辩解道："假如神要惩罚，也应该惩罚我呀！"王老师说："谁让我是你的老师呢？没有管好你。"后来我想，那天我们三个人中，就王老师喝了啤酒。

我们回到太原以后，很快就整理好了标本。有些苍蝇可能是新种，两位老师就派我到上海昆虫研究所找范滋德先生帮忙鉴定。临走的时候，王老师还特地告诉我，她小女儿清华本科毕业后被推荐到同济大学读研究生了。她有一台照相机，假如我需要，可以去找她小女儿借。当时的照相机可是奢侈品，不知为什么，使用时我把胶卷给搅住了。于是我去寄生虫病研究所找金长发老师帮忙把胶卷退了出来，我试了试，还能用，就还了回去。寒假过后，王老师问我是否知道把照相机弄坏了，我说："是，但是当时找金老师修好后才还回去的。"我并不是有意不告诉他们，但现在想起来，当时确实应该将使用过程中出现的问题告诉他们。

今年 4 月初回太原的时候，又遇到了路老师，再次谈起王老师。路老师说王老师还在北京。我辗转找到她小女儿的电话，知道了她现在住的地方。后来利用去北京出差的机会，终于又见到了慈祥的王老师。

让我诧异的是，王老师已经记不得我了。她首先问我是怎么认识她的，教研室的几个老先生现在都有谁不在了，还问我和乔健天教授有什么关系。其实，乔健天教授只有几个女儿，我不过碰巧也姓乔罢了。等我讲完我们在一起的故事以后，她似乎又记起了我是谁。

九年前，王老师先是因为眩晕住进了神经内科，检查下来心脏的问题更严重，有三条血管堵住了。在太原，她的学生们不敢冒险给她放支架，转院到北京以后，心脏的问题才得到解决。当时，曹老师身体也不好，不能来北京相伴。王老师只好一个人在养老院安养。后来，她摔了一跤，股骨颈骨折了，所幸手术后恢复顺利。这之后，女儿又把她接回家中，专门请了护工阿姨住家照顾。王老师现在的问题主要是记忆力和视力不行了。此外，她知道自己有糖尿病，但是一直不愿意用胰岛素。她认为血糖问题通过控制饮食就可以解决。我臆测，王老师一辈子不愿意给别人添麻烦。现在由于医疗保险在太原，假如开始使用胰岛素的话，得回太原住院才能调整好胰岛素的用量，但她不愿意给子女们再增加负担。但愿社保卡可以早日开通异地使用功能，让像王老师这样跟随子女在异地的老人们，也能得到更好的医疗服务。王老师的第三个问题是牙全部掉光了，牙槽骨萎缩不能装假牙，好在女儿孝顺，每顿饭都将各种食物打成糊状。王老师说，她现在吃啥都一样，反正也闻不出味道了。

在我们聊天的过程中，王老师一再强调不想给大家添麻烦了，但她的小女儿一再鼓励她，近期目标是再活两年，先争取 90

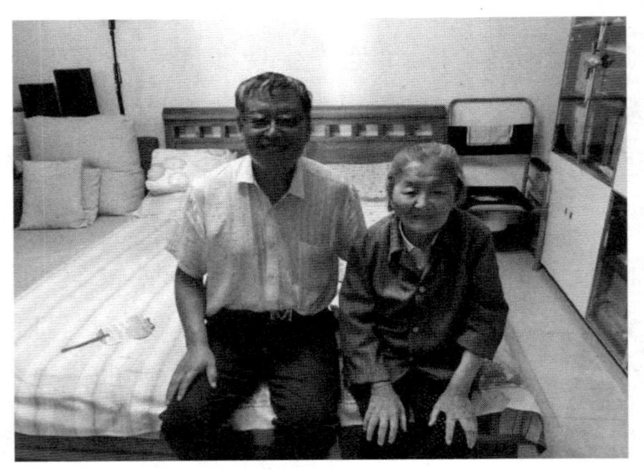
作者与王昌敬教授在其小女儿家的合影

岁，远期目标是100岁。

我们企盼着，并祝愿王老师健康快乐长寿！

（写于2017年8月29日）

沉痛悼念我们的老师

——何泽涌教授

今天，云卷云舒在同学群里发了一条消息："大师已去，再无大师，悼念细胞学家何泽涌。"

何泽涌教授永远离开了我们，享年 97 岁。何教授祖籍山西，出身于江苏的一个书香世家，日本留学回国后一直在山西医科大学(包括山西医科大学的前身山西女子医学专科学校、川至医专、山西医学院)任教。

我仔细阅读了同学发来的记者在 2012 年采访何教授的访谈记录，何教授教导我们的音容笑貌历历在目，仿佛就在昨天……

我最早见到何教授，是 1978 年 3 月入学的时候。当时的校领导给我们介绍了学校的几位著名教授，其中就有何教授。后来从同学们口中得知何教授的家学渊源，他们家出了很多名人，其中最有名的当属他的姐姐何泽慧。真正领略何教授的风采，是在大二上组织胚胎学课程的时候。何教授的博学睿智，让听课的同学们如醉如痴。开始的时候，何教授只给我们讲了绪论，后来架不住大家的要求，又给我们讲了胚胎和发育。他当时告诉我们，个体发育就是系统发育的重演，今天这些话还让我记忆犹新。

1994 年 10 月我留学归国后，在校园里经常看见何教授与夫人杨教授的身影。他告诉我，他经常去山西省图书馆看书，写东西。有一天，我在学校作了有关细胞凋亡的一个学术报告，何教授听说后，托人给我送来一份他写的综述：Apoptosis（细胞舍生）。读了何教授在《山西医药杂志》上写的这篇综述后，我被老先生的博学和想象力深深折服了。其实细胞凋亡在某种意义上，正是以自己的舍生挽救了整个机体。何教授就是以他伟大的人格魅力，对我们这些后进晚辈进行言传身教的。

1998 年的某一天，我突然发现何教授出现在我的课堂上。原来，他作为学校教学督导委员会的主任来听我的课。课后，何教授仔细翻阅了我们使用的教材，认真地与我探讨课堂教学的一些注意事项。

有一天，爱人回来告诉我，何教授的爱人杨教授痰中带血，爱人建议她去做胸部 CT 及痰液细胞学检查。很遗憾的是，诊断结果是肺癌，杨教授不久就离开了我们。我们一直担心何教授的身体，好在何教授心胸豁达，他每天在图书馆中刻苦读书，减轻了亲人离世的痛苦。

我调到上海工作以后，有一次要回山西参加研究生毕业论文答辩会。临走的时候，王一飞校长问起何教授的近况，我尽我所知做了回答，王校长让我见到何教授以后代他问好，并告诉我何教授书读得很好，非常博学……回到太原后，我专门去看了何教授，并转达了王校长的问候。何教授当时精神隽烁，还回顾了他和王一飞老师相识的旧闻。

我将云卷云舒发的帖子转发到了朋友圈，很快就有很多同学、朋友转贴，留言……

何教授，我们再也听不到您的教诲了，但您教给我们的，我们都将永远铭记在心。

（写于 2015 年 3 月 9 日）

大爱无疆

——援藏教师陈凤广的小故事

朋友去贡嘎机场接晚点的我们，安排好我们的住宿后就带我们去吃梭边鱼，并说还有一个上海来的朋友正好在拉萨，晚上一起聚聚。

到了饭点，这个上海来的朋友也准点到了。从外表看，高大的身材，消瘦的脸庞，嘴唇被风吹起了白皮，裂着的口子被血痂遮挡着，皮肤被紫外线晒得黑黑的，如果不是从他说话的语气中还能听出一点儿河南的口音，他与接我们的藏族司机根本没有两样。从交谈中，我们知道了他叫陈凤广，是上海南洋模范中学的教师，已经来到西藏两年多了，明年这个时候估计就会回上海了。

来之前我就听很多朋友说，国家给了藏族同胞很多优惠措施，包括生活补贴、生育补贴、免除义务教育阶段的所有学杂费等。我最初以为上海的老师来主要是为了解决师资缺乏的问题，通过和陈老师的交谈，我才发现最主要的问题还是有些孩子没有养成学习习惯，或者说是根本不想学习，他们认为读书无用。因为每年五、六月份，去草原上挖冬虫夏草，每天也能挣两三百元，而坐在教室里浑身不自在，还得受老师管，下了课还要写作业，所以有些学生并不愿意学习，甚至有抵触情绪。

西藏地区实行的是义务教育，由于交通不便，学生们住得又十分分散，所以陈老师所在的日喀则市萨迦中学每逢学期开学，都会派车从各个乡村把孩子们一个个接到学校。整个一个学期，学生吃住学玩都在学校。学生的书本费、学费、伙食费都由国家提供，被服也是国家提供的。随着参与援助的爱心人士增多，加上政府的不断拨款，学生的食宿条件逐年在改善。

学校没有围墙，有些孩子很方便地就逃离了学校，躲在学校旁边的大山里、树丛中，老师们往往要花费半天时间才能找到这些有意藏起来的学生。有的老师气急之下对逃跑的学生进行体罚，但效果不佳。作为学校党支部书记的陈老师一直在思考，怎么才能让这些不愿意坐在教室的学生自愿回到教室里学习。他首先对老师们说，体罚这些孩子是没有用的，得想一个好的办法，让他们愿意回到教室里来。他首先征求了学校其他领导的意见，然后对孩子们说："学校在校园周围用油漆画了一个范围，大家都不要出这个范围。想一想，如果你们跑出去，老师多着急呀？老师们岁数都大了，出去找你们，个个汗流浃背，还耽误了给其他同学上课。如果你们出了这个范围，就相当于逃学。另外，学校会买一台电视机，每天放一些你们喜欢的节目。观看电视之余，我们要学习一些知识，但老师暂时不给大家布置作业。"

很快，孩子们都选择留在教室，并且开始学习一些知识了。在此基础上，陈老师对学生们进行感恩教育，要他们饮水思源。

很多孩子不知道什么是饮水思源，陈老师就耐心地讲："大家看，我们现在在学校能喝上纯净水，这是因为有好心人给我们学校捐献了设备，把雪水、雨水净化了，水才这么甜，我们要感谢他们。"他接着发挥说："父母养育了我们，我们要感谢他们！党和政府给我们开办学校，派了老师来给我们上课，我们要感谢他们！这就是饮水思源！我们怎么感谢父母、感谢政府呢？就要好好学习，拿我们优异的学习成绩来感谢父母的养育之恩，感谢政府给我们提供学校，感谢老师的辛劳！"

在陈老师和同事们的努力之下，很快，这些不愿意待在教室的学生们也慢慢喜欢上学习，老师也开始逐渐给他们布置课后作业。陈老师还发现，这些学生中有很多人喜欢画画，他就给学生们买来颜料、画笔、画纸和画板，鼓励孩子们自己创作。经过一年多的努力，这些孩子画得有模有样了，特别是他们画的唐卡，很有传统特色，也很有创意。陈老师就将这些孩子的画拿出去拍卖，一共收入一万六千多元。他们再将这些钱用于奖励学生们，或用于改善他们的学习和生活条件。

这就是一个上海援藏老师用他自己的聪明才智，将不愿意学习的学生吸引到教室，再将这些学生培养成才的故事。从这个故事里，我们可以看出上海老师的教育水平，也可以看出上海老师对西藏学生发自内心的爱。

（写于 2015 年 8 月 27 日）

坦途脚下是蜿蜒

宋朝著名文学家陆游在教育孩子的时候说:“纸上得来终觉浅,绝知此事要躬行。”其实,我们在成长的过程中也一样需要亲身实践。第一次在柿子树下吃柿子,认识了树上的柿子,知道了它的滋味;对孟德尔的专注;大学里的点点滴滴……这些都为成长奠定了基础。

第一次在柿子树下吃柿子

我从小就爱吃柿饼，甜甜的感觉让人难忘，尤其是在物资匮乏的20世纪六七十年代，柿饼也是老家亲人来访通常会馈赠的佳品。每到秋天，爸爸都会买些柿子回家，奶奶将这些柿子放在一个罐子里，捂在火炉旁，第二天柿子就会变软、变甜。

但是，柿子树是什么样子的，柿子在树上是什么样子的，我从来都没有见过。第一次见到柿子树是在1982年的八、九月份。我当时在临汾地区医院实习，利用一个周末，又请了两天假，和在运城的舅舅一起，回了一趟翼城老家。

我很小的时候回过老家，但后来就一直没有机会再回去，对老家的情况不很熟悉，只听妈妈讲过那是一个丘陵地区。

那时候的农村非常贫困，中午饭还有菜，舅舅带了一些熟肉回来，并没有感觉饭菜特别差，但到晚饭的时候好像就只有咸菜了。几个大人要喝酒，只是就着一些辣椒、咸菜。他们邀我一起喝，我一看没菜，就推说不会喝。晚饭后，表哥带我去隔壁村子他家里住宿。山里伸手不见五指，什么也看不清楚。

乡下的夜晚非常寂静，农村的土炕上有很多跳蚤，咬了我一背的红疙瘩。第二天有些热，姨姨让我不要穿长袖了，我怕

翼城山里的柿子树（乔三红摄）

她心疼，不愿意脱。结果吃午饭的时候汗流浃背的，只好脱了上衣。姨姨看到我身上被咬得到处是疙瘩，心疼得直埋怨表哥没有照顾好我。

午饭后，带上姨姨给我准备的几个大馍，一个人去往舅舅家。

远远地看见前面有棵果树，树上果实累累，绿中透着红，在阳光下闪闪放着诱人的光芒。我站在树下看着这些果实，心里直痒痒。这是什么果子？这么漂亮，这么大，味道一定好！

我想问问别人，但是整个山沟里静静的，只我一个人。我走了几步又回过身来，在树下琢磨着：这是什么果子？我怎么从来没有见过？

看见一个最红的果子，伸手就能够着，于是我摘了下来，张嘴就咬。哇，舌头和嘴唇立刻就发麻了！麻得什么感觉都没有了，脑子里一片空白。

到了舅舅家，问表弟刚才那个山沟里的果子树是什么树。表弟说那哪里是果子，那是柿子！我这才明白为什么每次爸爸买回柿子，奶奶都要把柿子放在罐子里在火炉边捂一晚上才给我们吃。

后来，在北京十三陵景区看到了漫山遍野的高大的柿子树，红红的果实更加诱人，那时候的我就不敢再随便摘下来品尝了。

我爱人也很爱吃柿子，每年秋天看见柿子上市都要买几个。不过，现在的水果店里卖的柿子都是软软的、甜甜的，不用捂就能吃了。

（写于 2012 年 9 月 10 日）

对 77 级大学一年级的回忆

我们虽说是 77 级的大学生，但是入学却是在 1978 年的 3 月。我们带着对大学校园美好的憧憬、对知识的渴望，从工厂、农村和部队汇集到了山西医学院。

在入学教育中，同学们彼此刚熟悉，就接到了学校要扩招的通知，我们原来的 8 个班变成了 9 个班。大约又过了一两个月，走读班的同学也来了，这样医疗系就变成了 12 个班，卫生系还是 4 个班，我们上课就在楼上、楼下。

当时的住宿条件没有现在的好，我们住的是大宿舍，每个房间住 12 个同学，上下铺。我到宿舍后选了一个上铺，过了一会儿，来了一个个子不高、戴眼镜的同学，他选择了我旁边的床位，他就是秦志海。晚上睡觉的时候，我问他是头对头还是脚对脚，他说头对头好年头。就这样，我们在一个宿舍里住了八年，他硕士毕业后去了德国，我后来也追随他去德国读了博士，这头对头的八年，让我们成了一辈子无话不谈的好朋友。

大学一年级第一个学期的课程包括政治、体育、英语、物理、化学和生物学等。可能是当时开学比较匆忙，很多教材还都带有“文革”色彩。但是，我们的老师们都非常认真，他们和我们的目的一样，就是要把被“文革”耽误的十年时间夺回来。学校派出最强的师资阵容，老师们精英辈出，学子们勤奋求索，大家为了一个共同的目标，在知识的海洋里汲取营养。

因为学医，大家的目的性很强，每个人都渴望着掌握更多的医学知识，将来能消除病人的痛苦。因此，有同学就对学校开设物理课很不理解，说数理化就是敲门砖，现在大学的门已经敲开了，干吗还要再学物理？更有个别同学说，等考完试，就把物理书烧了。这些牢骚，在同学中发发就可以了，可是有同学竟然在做物理实验时直接告诉了老师。有一天上物理课，杜老师（他和他夫人都是物理老师，后来调回了天津）针对这种说法给予了严厉的批评。他引用了曹操的短歌行“月明星稀，乌鹊南飞。绕树三匝，何枝可依？山不厌高，海不厌深……”告诉我们数学和物理是各门功课的基础，不打好基础，将来怎么能进行创新呢？没有数理基础，医学科学将是空中楼阁，无枝可依。这以后，大家明确了学习目的，学习的劲头更足了。有一天，我问杜老师：“既然可以用偏振光阻挡光线，为什么不能用偏振光的原理来阻挡 X 光呢？”杜老师回答说：“X 光是一种特殊的光，不能用普通的可见光学的原理来理解。”这件事情一直困扰了我很多年。前几天，我问一个专门研究光学的教授，他给我的回答仍然是杜老师那样的解释，但是他说，主要是找不到合适的材料。但这篇博文发出以后，上海交大物理系的叶教授给我发微信说：“X 射线的波长太短，接近于原子大小，目前还没有材料能对不同偏振方向的 X 射线起不同的响应。不仅 X 射线是这样，Y 射线也是这样的。”看来我的这个博客也让我学到了新的知识，解决了困扰我多年的问题。

化学课是大家最喜欢的课程。我特别喜欢听钱人闻老师讲课，特别是他那一口带江南口音的普通话。在讲有机化学苯环结构的时候，他带口音的“大派键”让大家记忆犹新，有同学就私下喊钱老师“大派键老师”。有一天自习的时候，我和同学们讨论问题，说起什么事情的时候，随口就说这是“大派键老师”说的。同学王莉(她的妈妈和我妈妈是高中同学)马上就指责我说：“你怎么能叫老师外号呢？亏你还是老师的孩子，对老师一点儿也不尊重。”当时我脸红脖子粗，这以后再也不敢叫老师外号了。回国后，我还常见到退休后的钱老师去曹连吉老师家打麻将。钱老师一辈子单身，最后在上课的时候因脑出血倒在了讲台上……

生物学的大多数内容是邢庆云老师讲的，当时还比较年轻的宋玉兰老师也讲了一部分内容。当邢老师解释生命的定义的时候，我才第一次听到恩格斯有关生命的定义：“生命是蛋白体的存在方式，这个存在方式的基本因素在于和它周围的外部自然界的不断新陈代谢，而且这种新陈代谢一停止，生命就随之停止，结果便是蛋白质的分解。”这段话我一直记在心里，在之后编写教材的时候也多次引用。

给我们上政治课的老师比较多，很多老师我都记不得姓名了，但是有两位老师我印象深刻。一位老师带有浓重的交城孝义口音，讲“经济基础决定上层建筑”的时候，总是说“好吃的就是豆腐、粉条、木耳”，他后来因为肝癌于 90 年代末去世了。还有一位女老师，给我们讲党史，有一次她因感冒去校医院看病，医生给她做了青霉素皮试，15 分钟过去后皮试结果为阴性，她就去旁边的开水间打开水，回来的路上却因为青霉素过敏离世了。同学们对此议论了很久，都为这位老师的英年早逝感到惋惜。

给我们班上体育课的主要是李承道老师。他当时还是一个小年轻，但是上课还是很有一套的。我的太极拳、滑冰这些本事都是李老师教的。课间休息的时候，李老师还给我们讲了很多学校其他老师的故事，让我们眼睛冒光，都很期待以后的学习中能够遇到这些大师们。

第二个学期我们就开始上解剖学、生理学、生物化学等医学基础课了。给我们班讲解剖学的是曹连吉老师，尽管当时他还是一位讲师，但课上得非常生动，深受同学们的喜爱。可以说，从学习解剖开始，我们才真正喜欢上了医学。那个时候，上课班长要喊“起立”，课间值日的同学要帮助老师擦黑板，还要给老师打水。记得有一个夏日，轮到我值日，我就在茶缸里放了一些糖，课间曹老师喝了一口就问今天谁值日。当他知道是我以后，还特地感谢了我。这些事情，我估计每个同学都曾经历过。

生理学因为有乔健天、赵荣瑞老师这些“大腕”，每节课都很精彩。当时吴博威老师还是最年轻的一位老师。他给我们讲的是肾脏生理，因为他身材瘦高，有同学私下叫他“高老师”。还有两位女老师，我记不得名字了，她们口齿清晰，也给我留下了很深的印象。其中一位女老师，后来调到中科院上海生理所工作了，1985 年春我来上海出差时还去拜访过她。

生物化学课有一段不得不说的故事。恢复高考后，教育部迅速组织人力编写了新的教材。《生物化学》第一版统编教材在我们开课之前就出来了。因为当时是计划经济，订书是按照我们入学时候的人数订的，但是因为增加了走读班的90名同学，统编教材数量就不够了，学校决定让我们使用过去给工农兵学员使用的简版生化教材。同学们知道这个情况后很是不愿意，为此大家闹起了情绪，要求学校给我们使用新版教材。学校很快就答应和同学们集体协商事情的解决办法。我记得那天上生物化学课的时候，气场很足的高应老师来了。她首先对我们的学习热情进行了肯定，同时也对学校教材预定数量不足做了说明。同时她还讲，若是全部使用新版教材，必然有几十个同学不能按期拿到教材。大家回答说，我们可以两个人使用一本书。在协商结束后，高老师将话题转移到了生物化学的绪论上，同学们的情绪也很快平稳了。生物化学课的几位老师给我都留下了很好的印象。当时刘德文教授还是非常年轻的老师，但是他口才一流，也给同学们留下了非常好的回忆。我记得他给我们班带实习，有一次我向他提问："既然肿瘤细胞多以糖酵解的形式获得能量，我们为什么不能通过阻断糖酵解的途径来治疗肿瘤呢？"我们进行了很长时间的讨论，最后得出了不能通过阻断糖酵解来治疗肿瘤的结论。这些课程，都为我以后的科学研究打下了基础。

山西医学院老师们的无私奉献精神，他们对医学教育的热爱，让我终身受益。虽然有些教过我的老师我现在叫不出名字了，但是他们的音容笑貌还会在我脑海中浮现。我现在也是一名大学教师了，在教学工作中，我一直以我的老师们为榜样，努力工作着……

谢谢我的老师们！

（写于 2019 年 3 月 28 日）

生日蛋糕

又到我的生日了。

儿子、儿媳问我想在哪里庆祝生日，还选了几家各具特色的饭店。孩子们念及父母劬劳之恩、寸草之心，我心底涌出一股浓浓的暖意。想到很久没有吃德国饭了，我就选了“1868”。

最后一道菜是饭后甜点，儿媳早就买好了生日蛋糕。打开一看，巧克力味的，真是一个“巧”啊！

因为我第一次为自己买生日蛋糕，是在德国杜塞尔多夫海涅大学，就是巧克力味的。那是28年前的4月17日。

那天早晨，因为和爱人通电话，到办公室就晚了一会儿。进了走廊，我看见一向晚来的文德利希教授的办公室门居然敞开着，而每天来得最早的汉斯·彼得(Hans-Peter)看见我就说：“乔，你有钱了！”他的话音还没落，文德利希就从办公室里走出来叫我。文德利希对我说：“乔，很遗憾，我没能给你争取到一份博士研究生的奖学金，但是我给你申请到一份为期三年的博士后奖学金……”这让我太意外了！毕竟，博士后奖学金可比博士生奖学金多一倍啊！关键是我可以顺利地将我的博士学位读完了。

真是大喜过望！在这个于我而言甚是特殊的日子里，文德利希教授给了我这么大一个礼物，一年多的努力有了这样一个意料之外的结果，无法言表的满足感涌上心头，我决定要与大家分享这一份快乐。

在德国，每每有同事过生日，他们都会带来自己烘烤的蛋糕，当作大家的下午茶点心，同事们也会回赠一张贺卡。我很欣赏这种氛围，但我不会烘烤蛋糕，只好去买了。午饭的时候，我跑到大学医学院前的莫伦（Mooren）大街，那里有一家蛋糕店，进去后才知道大蛋糕需要预定，而店里唯一的一个现成的大蛋糕是巧克力味的。

话说回来，长这么大了，我还从来没有吃过巧克力味的蛋糕。好日子、好心情，还有一份好礼物，"巧"到一块儿了！但一看价格，还真不便宜：80 马克！我一个月的奖学金才 800 马克，一个蛋糕相当于我十分之一的月收入！想到国内的奖学金只发到 3 月底，新的奖学金要到 10 月 1 日才开始发，我这个月等于是没有收入的。但我没有丝毫的犹豫，迅速付了款，又去买了些饮料。

下午 3 点，就在办公室，伴随着生日快乐的歌声，我切开了平生第一次为自己购买的生日蛋糕。当我把一大块蛋糕送给文德利希教授的时候，他问我今天有什么特别的，我这才告诉他，这一天是我的生日。

谁能想到，2019 年的生日，在上海，我们又吃到了德国饭。而且，儿媳买的蛋糕也是巧克力味的，并且味道和我 28 年前自己买的一模一样，这难道不是巧克力的"巧"吗？

妈妈告诉我，我出生的时候，她还在山西大学读书。当时没有经验，一直到肚子有规律地疼起来时，才在一个生过孩子的同学的指点下到了山西省人民医院。巧的是，许多年后，我们班的妇产科见习也是在山西省人民医院。经过那次见习后，我才知道妈妈生孩子是一个多么痛苦的过程。我爱人常说，每个人的生日其实就是妈妈的受难日、痛苦日。每个妈妈都是在经历了九死一生后，才把自己的宝宝带到人间。“生我劳瘁”，我是真正体会到了。

从我记事开始，每当我过生日，妈妈总要给我做一碗荷包蛋作为早餐；中午的时候，奶奶总要做一顿拉面，她嘴里还要叨叨，过生日要吃拉面，拉面就是长寿面。这样的仪式，一直持续到我出国留学。这种沁人心脾的仪式感，至今深深印刻在我的脑海中，尽管奶奶早已过世，妈妈也早已过了杖朝之年。

我得到的这份礼物，还有一个巧合，那就是这份博士后奖学金是从 10 月 1 日开始发放的。10 月 1 日这个特殊的日子，对每个中国人来说，都是一个非常值得纪念和庆祝的日子。我们的革命先辈们在经历了极大的痛苦，做出了极大的牺牲以后，才在 10 月 1 日这一天建立了伟大的中华人民共和国。70 年来，祖国一直在前进，人民的生活也一直在改善。

记得我小的时候，粮食是定量供应的。每个月的第一天早晨，天还没亮，爸爸必定要去粮店排队买粮。我到现在都没有想明白，为啥家家户户都要在这天把这一个月的粮食搬回家。当年我上学路过粮店的时候，发现每个月的中旬以后，粮店门前便冷冷清清的，为什么我们不能等到月底再去买粮呢？由于什么都是定量供应，肉食比较少，而我们这些孩子都处在身体发育阶段，特别能吃，但由于食物不足，到我出国的时候，1.7 米的个子，体重只有 107 斤。

改革开放以后，人们的生活开始一天天变好，生活物资凭票定量供应的历史一去不复返了，各种商品开始极大地丰富起来，大家再也不用为穿衣吃饭发愁了。日子变好之后，过生日的仪式也在发生着变化。虽然现在我过生日，爱人还是习惯性地给我做一个荷包蛋，但这仅仅是为了仪式感，而生日蛋糕却必不可少，鲜花更成了必备的点缀。前几年回太原，去看生活在农村的老朋友玉生，正好碰上他小孙子过 5 岁生日。酒足饭饱之后的节目，竟然也是唱生日歌，吹蜡烛，吃蛋糕，真是令人怅触甚深。

2009 年，我的导师文德利希教授给我们实验室送来一个漂亮的德国女孩子凯特琳（Katerine）。在我们实验室，她完成了硕士论文的实验。其间，适逢她过生日。按照中国人的习惯，我在饭店为她办了一场生日宴，邀请了她的同学参加。除了唱生日歌以外，我还专门为她点了一大碗面条。我对凯特琳说，中国人过生日是一定要吃面条的，长长的面条，寓意着长命百岁。虽然形式上和西方人的蛋糕、蜡烛不同，但这仪式中蕴含的祈福寄意的愿望却是一致的。我还对凯特琳说，倘若再有机会来中国，一定要去我的故乡山西，那可是正宗的世界面食肇始地。

今年过生日，我体会到一种别样的感觉，那就是生日的仪式感更多是一种存留于心底的回味，一份怀旧的心情，而仪式本身则很淡了。孔老夫子曾说“六十耳顺”，还真是那么回事啊！况乎我今年已六十有二了。

在“1868”饭店，我点了一份德国肘子，还有一份香肠。全家五口人，两份主食，竟然没有吃完。尤其是身边拿着刀叉慢悠悠吃东西的儿子，和我当时差不多的岁数，却没有我当年的好胃口，更多的是斯文，还有那么点矜持。我忍俊不禁，哑然一笑。想起当年在杜塞尔多夫大学，有一次学校食堂的午饭就是这样的肘子，我和爱人一人一份。她吃完了酸菜、土豆泥和面包，肘子分给了我一半。两份主食，一大半被我吃掉，一点儿也没有剩下，真是令人感慨万千。细细想来，生日仪式，乃至生活中的其他各种仪式，在某种状态下，自然而然便会转化成一种心灵的抚慰。

（写于 2019 年 9 月 28 日）

在改革的春风里成长

1976年夏天，我高中毕业后去太原北郊区柴村大队插队。毛主席去世的那天下午，我们正在山上的石灰窑搬石头，烧石灰。当年10月，粉碎了“四人帮”。1977年的10月，听说要恢复高考了，我就匆忙捡起了课本，开始复习，于12月初参加了高考。高考结束以后，又回到大队参加劳动。我记得元旦过后没几天，就听见大队的喇叭里喊我的名字。跑到公社，我看见广场上贴着大红榜，上面有我的名字。很快，我就被山西医学院录取了！

在大学期间，我们如饥似渴地学习，一心想把被“文革”浪费掉的十年夺回来。全国开展了实践是检验真理的唯一标准的大讨论，吹响了改革开放的号角，我们学习更加勤奋了。本科毕业后，我考取了研究生。1988年，我又通过了外语水平考试，得到了山西省人民政府的资助，于次年被派往联邦德国留学。1990年冬天，虽然我爱人也通过了外语水平考试，但是因为我已经出国了，按照当时的政策，她没有被批准留学。

1989年11月4日，我怀里揣着1.6万西德马克出发了，这是我16个月的生活费，还有4个月的德语学习费用。我从来没有见过这么多钱。我当时已经是中级职称，每个月 128 元的工资，按照 1 马克兑 3.7 元人民币的汇率，一个月 800 马克的生活费，比我一年的工资还要多。

国家只是派我去德国进修，但是我非常想攻读博士学位。我问导师文德利希教授，我是否可以读博，他不置可否。为了能够学到真本事，也为了能够拿到博士学位，我如饥似渴地阅读文献，拼命地做实验。1990 年圣诞节前，我的好朋友志海怕我一个人在杜塞尔多夫(Düsseldorf)想家，邀请我去他家过节。临走的时候，我向文德利希教授汇报了我的实验结果，他看了我给他展示的图片，非常开心地说："乔，拿着你的实验结果，我再给你写一封推荐信，你可以在世界上任何一个实验室找到位置。"但是我告诉他说，我想读博士！

过了元旦，我从柏林回到实验室以后，带我实验的汉斯-彼得博士就高兴地对我说："乔，你可以留下来了！"我没有理解他的意思。很快 3 月底就要到了，我国内的奖学金要结束了，我的签证也要到期了。我问文德利希教授我该怎么办，他说不要担心，我的任务是做好实验，其他的问题是他的。尽管他打了很多电话，但是各个基金会也没有合适的奖学金。这个时候，他要去度复活节假了。临走的时候，我问他我的签证怎么办，他让我找汉斯-彼得。汉斯-彼得就让我带着申请德意志学术交流中心(DAAD)奖学金的申请表去外国人管理局，人家问我什么时候能得到奖学金，我随口说大约 7 月份，他们就给我延长了 3 个月的签证。4 月 16 日，是个星期三。文德利希教授那天戴了一个很大的红领结，同学们还嘲笑了他一把。两点多的时候，他把我叫到他的办公室，对我说："乔，我去讨论你的奖学金的事情，你在办公室等我。"结果，我等到晚上快 7 点他也没有回来。我感觉非常疲惫，也太饿了，就回宿舍了。4 月 17 日是我的生日，我和爱人早就约好她要给我打电话，因此那天我比平时晚到办公室一会儿，而平时习惯晚到的文德利希，办公室门已经开了。汉斯-彼得在走廊里看到我就祝贺说："乔，你有钱了！"文德利希听到了我们说话的声音，把我叫到他的办公室，很严肃地对我说："乔，很遗憾，我没能给你申请到博士生奖学金，但是给你申请到了一份博士后奖学金。"他拿出一张 A4 复印纸，在上面边画边说："基本奖学金 2 950 马克，另外还有 200 马克的书报费。假如你夫人的工资不足 600 马克，还可以给你家庭补贴 400 马克，但是你夫人得来德国。"这么好的事情，我当然同意了。

后来我于 1992 年初提交了博士论文，由于答辩程序安排问题，我的博士论文答辩一直拖到了 1992 年的圣诞节，但是我的博士后工作和工资却是从 1991 年 10 月 1 日开始的。我在博士论文的扉页上恭恭敬敬地写上了"谨此：献给我的家乡山西省"，以感激家乡给我提供了这样一个深造的机会。

因为基金会要求我的爱人也来德国，我就给使馆教育处写信，讲明了我的情况。他们了解情况后，就开始和山西省协商，让我爱人来德国。但按照当时国家的留学规定，像我这种情况，已经到期就该归国了，特别是在 1989 年之后，国家留学政策是收紧的，山西省人民政府没有同意我爱人来德国和我团聚。我们多么舍不得这么好的机会啊！正巧的是，那时国务院正好派出了一个留学政策考察团来德国，使馆教育处的董金平老师就在留学生座谈会上将我的情况汇报了。他们建议董老师向最高领导如实汇报我的情况。1992年，邓小平同志南行讲话强调继续改革开放。很快，江泽民同志就在使馆的报告上专门做了批示，紧接着《人民日报》海外版也发布了国家留学的新政策“支持留学，鼓励回国，来去自由”。很快，我爱人也拿到护照，办好了签证。

1991年7月初，我的签证快到期时，我请文德利希教授给我写了一份证明去外国人管理局办理签证。文德利希在信中写道：“乔将于1991年10月1日得到一笔奖学金，供他完成博士论文。假如他到时仍然没有经济来源的话，我们将会安排他返回中国。”9月，我接到了德国自然科学基金会(DFG)的来函，我已经获得了他们资助的为期三年的博士后奖学金。于是我带着这封信又去办理签证。签证官看了我的所有材料后非常生气地说：“你是来读博士的，不是做博士后呀！”我辩解道：“我过去是奖学金者，今后也是奖学金者，我没有改变身份呀！”于是他就在我的护照上盖了一个章，但仅给我延长了一个月的签证。第三天，我就接到了他们的来信，让我带着护照去外国人管理局，这次他们给我办了三年的签证。因为拿的是德国的奖学金，所以也没有收签证费。我爱人来德国以及后来我妈妈带着孩子来德国，也都没有收签证费。

1994年9月30日，我三年的博士后生涯结束了，我如约回国，开始了我的教师生涯。在工作中，我和我爱人时刻体会到党和国家对我们的关心和照顾，享受着改革开放带给我们的实实在在的好处。2007 年我们获得了上海市科教系统“比翼双飞”奖，现在我们俩都是二级教授，我们家是全国最美家庭之一，2018 年我还获得了上海交通大学教书育人一等奖。我们努力工作着，就是想报答党和国家对我们的关心和培养，报答学校领导对我们的支持和爱护。

回想我这几十年的成长经历，没有改革开放，我就不能上大学；没有改革开放，我就不能去留学，就不会读博士，也不可能当教授，更没有机会来到上海交通大学这所百年名校任教。

我还是想说，我们是改革开放最大的受益者！

（写于 2018 年 12 月 31 日）

潜心
——参观孟德尔博物馆有感

离开了美丽的布拉格，我们乘火车来到了布尔诺(Brno)，这个城市“二战”之前属于奥地利，当时的名字叫布吕恩(Brünn)。虽然布尔诺是捷克的第二大城市，但是对中国人来说，可能仅仅在遗传学的教材上才能看到这个名字。

孟德尔博物馆的招牌

我教了一辈子的遗传学，对这个城市的名字早就耳熟能详了，来这里朝圣是我一直以来的愿望。这次的中欧之旅，我专门安排了火车路过地的游览，就是为了一睹先贤的芳容和他工作过的地方。

我们从火车站过来，换了一辆公交车，就到了孟德尔博物馆门口。博物馆的门脸不大，墙头上树立着孟德尔的画像和他的名字 Gregor Johann Mendel，门口的墙上有一块招牌，上面用捷克语写着孟德尔博物馆(博物馆隶属于布尔诺和当地的大学,所以有红绿两块牌子)。

因为是周六,街上的行人寥寥无几,进了小小的院门就是孟德尔曾经做实验的花园。花园非常寂静,里面有一棵棵巨大的树木给绿茵茵的草地增加了荫凉,咖啡屋里飘出的蛋糕和咖啡混合香味,给安静的花园又添加了一丝生气。

教堂后花园全貌

从上图中可以看见博物馆入口处有咖啡屋的遮阳棚,棚下有游客在喝咖啡。远处的孟德尔在注视着整个花园,没有豌豆了,他在观察什么呢?

孟德尔博物馆不大,很快就参观完了。展出的内容除了孟德尔的工作以外,还有现代遗传学,以及遗传学应用的一些内容。在观看展览的过程中,我看见有七、八个中年男女正在一间小会议室里讨论遗传学问题。参观完后,我还在咖啡馆买了一杯咖啡和一块蛋糕，价格与其他咖啡屋的差不多，一点儿也不贵。

孟德尔塑像

我仔细阅读了花园里和纪念馆中的文字，对孟德尔的生平以及他的工作又有了新的认识，感慨很多，总结下来有以下几点：

第一，孟德尔能在那个环境中默默地进行研究，完全是兴趣使然。教堂里的花园不大，孟德尔用于研究的只是一个 30 英尺长、6 英尺宽（1 英尺≈0.3 米）的狭小空间。有关豌豆的研究历时 8 年，最后的研究报告也仅仅是在布吕恩当地的学术会议上进行了汇报，并发表在当地的学术刊物上。这么具有原创性的工作，发表在影响力这么小的一个杂志上，我们今天是无法理解的。更有意思的是，孟德尔将他的文章寄给一些专家、教授后，当时并没有得到正面的回应，一直到孟德尔死后 16 年，也就是 1900 年，他的工作才被大家认可，遗传学才得以建立，而遗传学（Genetics）这个名词是 1905 年才出现的。所以，不为名利、不畏寂寞、潜心学术才是孟德尔成功的最大因素。我在朋友圈中发表了我的感想，有朋友说，不要说八年发一篇文章，就是一年发一篇文章，你也不能在大学里混下去。还有朋友说，孟德尔是神父，他的工作是永久职位，研究豌豆不是他的考核指标，所以他才能成功。其实这些调侃不无道理，还是值得我们大家深思的。

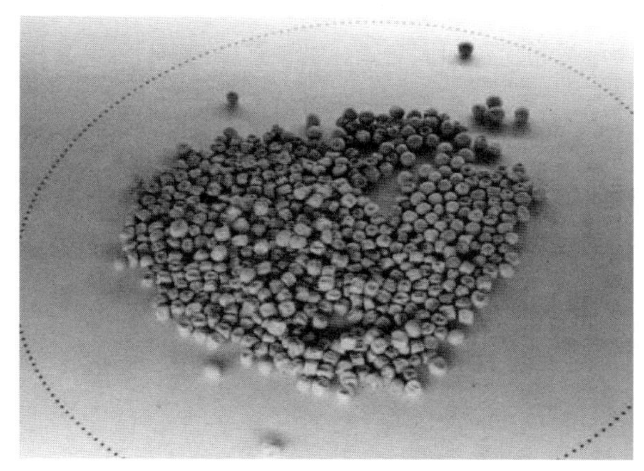

豌豆展品

第二，孟德尔并不是一开始就使用豌豆进行研究的。介绍中提到孟德尔还使用过山柳菊（hawkweed）作为研究材料，但是由于杂交得到的结果不是很稳定，就果断放弃了。从山柳菊的研究中，他还是获得了一些灵感和经验。还有一些植物因为根系特别发达，从根系上长出的新植物，也就是说无性繁殖的植株非常多，影响了他的研究结果，他也果断放弃了。孟德尔开始采用豌豆做实验的时候，一共选择了 34 个品种，从中挑选出 22 个品种用于实验。最后由于很多实验结果没有办法分析，他最终仅分析了 7 对性状，并从中得出结论。因此，研究有所取舍，也是他能够成功的关键所在。

第三，杂交的方法孟德尔是从一个德国园艺学家的书中学到的。他为了掌握杂交技术，吃了很多苦，费了很多心思。他首次采用数学方法，也就是统计学方法对生物学的问题进行研

究,并得出了自己的结论。因为引入了数学这个工具,就使得研究结果更具说服力。孟德尔的研究还有一项伟大的创举,那就是用符号代表生物学性状,这样就使研究过程一目了然了。因此,借鉴别人的研究方法,用今天的话说就是学科交叉,是孟德尔成功的又一关键因素。

博物馆中孟德尔的漫画

第四,孟德尔得出自己的研究结果以后并没有止步不前,他还在紫罗兰等植物上进行了类似的研究,并获得了相同的研究结果。因此,孟德尔在科学上永不止步,勇往直前,永远是我们学习的榜样!

总之,孟德尔不为名利、刻苦钻研、努力进取的科学精神,是我们每一个科学工作者都应该学习的品质。

(写于 2019 年 8 月 26 日)

立德立功还立言

先贤们在《左传》中说:“太上有立德,其次有立功,其次有立言。虽久不废,此之谓不朽。”中国传统文化强调做人首先是立德,其次是立言。在教书育人之余,乔中东教授对教学工作中遇到的各种问题进行了思考,不断总结经验。

大学还是要回归到教育这个本位为好

前些时候，某著名高校的优秀博士生毕业以后选择去中学当老师，而不愿意留校继续从事科学研究，让其导师“昨夜无眠”。在大家对“读不读博，读博为了什么”展开激烈的讨论的时候，有人评论说“读博不从事科研就是浪费国家的教育资源”，然后又有“某拾垃圾者不愿其孩子读大学，因为读了大学以后还没有他捡垃圾挣得多”的说法。一时之间，“读书干什么”“读书无用”的观点甚嚣尘上。还有人附和那个不让孩子上大学的家长，认同读书确实无用。其实，这两种观点都是对大学教育认识的一种偏差。

窃以为，中国大学的问题，或者说是钱学森的教育之问的本质，是大学没有发挥大学应该发挥的作用。

什么是大学，大学是干什么的？维基百科对“大学”（university）是这样定义的：大学就是从事高等教育和研究、给不同领域的本科生和研究生授予学位的机构。（A university is an institution of higher education and research which grants academic degrees in a variety of subjects and provides both undergraduate education and postgraduate education.)从这个意义上来说,大学就是给莘莘学子一个深造的场所,让青年才俊们在大学里得到系统的专业训练和知识积累。

大学的本质应该是让学生进行系统性学习的地方——长知识、学本领的地方。因此,我们老师的职责就是在学校教给学生系统的知识、科学研究的方法、为人处事的道理和应对困难的能力。我们的老师绝对不能教给学生们急功近利的、逃避责任的思想。

学校的创建应该是在人类文明开始的时候。那个时候人类有了剩余价值,人们就开始艺术创造,开始总结经验,这样后辈们就可以在前辈的经验基础上前进,这就有了科学和文化。为了传播科学和文化,就有了学校。而在学校系统学习过的佼佼者,很快就成了人杰,这就有了"书中自有黄金屋,书中自有颜如玉"的观念。而科学研究,也是在有了剩余价值以后,人们因为自己的兴趣而从事的智力劳动。这些研究无疑对社会的发展、科学的进步起到了决定性的作用。虽然由于利益的驱使,人们开展了许多研究,如为了在战争中取胜研究更加精密的武器,为了获取巨大的经济利益研究药物等,但这也同时推动了社会的发展和进步。

因此,读不读大学、读不读研究生、要不要博士学位,其实都不应该和教育的本质区分开来。大学的功能,就是要让每一个在学校学习过的人,得到应有的科学训练,获得与其学位相应的知识和能力。至于读博以后是在大学、研究机构、企业从事教学科研工作,还是去中小学当老师,抑或是去从事与专业毫不相关的职业，那是学生自己的选择。大学能够给予学生的就是系统的训练和因为受到了系统的训练而获得的相应学位。对于学生的就业选择，老师和学校都应该充分尊重。只有这样，学校才能培养出受到系统训练、具有科研能力并对科研有着浓厚兴趣的科研工作者。

（写于 2013 年 10 月 5 日）

大学里的教与学

虽然教育部一再强调素质教育，但是在高考的指挥棒下，中学以作业代替教学，把学校变成了训练学生成为解题高手的场所，这样的学校成了学生和家长们追捧的热点，一时间，重点中学周围的学区房一房难求。这样的后果就使得部分学生对专业知识缺乏系统理解，上了大学自己管理自己以后，没有题目可做时，个别人就会无所适从。在某次自主招生面试的时候，我们曾问一个考生，他在高中学过哪些物理知识，这个孩子却给我们讲他会做什么类型的题目，让所有参与面试的老师面面相觑……

学生们来到大学以后，我认为应该受到两个方面的训练：一方面是表达能力，另一方面是专业知识的系统积累。

表达能力包括口头表达和书面表达。这些能力可以通过社团活动、课堂讲座以及学生们之间的交流来提高。当然，书面表达也可以通过日常的读书、书写来提高。表达能力是可以自学的。

系统的专业知识的积累需要学生们从老师那里获取。虽然在大学强调自学，需要课外大量的阅读、练习和复习，但是不听课很可能会错过授课老师对专业知识的理解和经验积累介绍。著名物理学家牛顿曾经说过:“如果说我比别人看得更远些,那是因为我站在了巨人的肩上。”在课堂听课,你就是站在了前辈的肩上,在听老师们讲课的过程中,能够学习他们的经验,领会他们对知识的理解。这些老师不一定是巨人,但是他们的肩膀是学生们成功路上最好的垫脚石。

到了研究生阶段,学习将从系统转向专业,将从宽广转为尖端。这个阶段就需要学生们认真地从导师那里获得具体指导,汲取营养,学习他们在专业上的修养。

一个人能否在专业道路上走得更快,应该取决于他是否受到了系统的、宽广的和深厚的专业知识训练。在此基础上,他还需要有强烈的求知欲望、坚韧的克服各种困难的毅力、安于清贫的洒脱,更需要有与人为善的处世之道,而这些都需要老师们的言传身教。

那么,老师们应该在讲台上讲什么呢?

我认为,随着科学技术的进步,随着网络的普及,学生们可以通过互联网获取更多的专业知识,这就使得教与学的方式发生了根本性的变化,但是老师们还是要精心准备自己的每一门课程,将最新的研究进展和基本知识融于一体。美国物理学家费曼(Feynman)在他的《费曼物理学讲义》的前言中这样说:“我讲授的主要目的,不是帮助你们应付考试,也不是帮你们为工业或国防服务。我最希望做到的是,让你们欣赏这奇妙的世界以及物理学观察它的方法。”我想,这样的教学目的应该代表了每一位大学教师的心声。我们讲课的目的不是为了让学生们通过考试，也不是帮助他们混个文凭，我们的目的是通过我们的教学，让学生们从专业的视角去欣赏世界的美妙，在传授知识的同时，让学生们获得快乐和满足感。只有这样，学生们才会对专业知识感兴趣，才会有从事科学研究的动力！

因此，我们的教学目标应该体现在以下四个方面：

一是通过展示本学科的重大发现来阐述基本原理。我深信，只有掌握了坚实的基础知识，才能理解本学科的最新进展和实际应用价值。只有更广、更深地掌握了基础知识，才能进而将日益增加的专业知识融会贯通，并站在更高的角度去理解、去运用所学到的知识。

二是通过展示科学概念，从观察和实验的发展历程来阐述科学的进程。我们的教案应该提供众多科学家是如何通过艰苦工作验证科学假说的；我们更要告诉学生们，科学是一个观察、验证和发现的渐进过程；我们还要将我们在过去的科研经历中所犯的错误告诉学生，让他们避免再犯这样的错误。我经常对我的研究生讲，不要怕犯错误，做实验就是犯错误的过程，但是同样的错误只能犯一次，科学就是从不断犯错中走出来的。

三是通过展示相关的科学实例与社会发展之间的关系来阐述专业知识。我的教学经验告诉我，学生们对发生在自己身边的科学问题更感兴趣。正是因为这种兴趣，学生们能很容易地应用专业知识理解复杂的科学现象和概念，并进而运用发生在周围的实例来尽可能地阐述科学原理。我们还要将科学发展过程中面临的社会、法律和伦理学的争论告诉学生。我们坚信，通过对这些社会问题的讨论，学生们会构建起更多的、更深入的综合知识体系。

四是通过对实验数据和问题的综合分析，发展学生们的批判性思维方式。由于科学总是在解决各种问题中发展前进，因此，通过对课程完整系统的讲述，可以让学生理解关键的科学概念发展过程中、观察和验证过程中的相互逻辑关系。我会要求学生自己总结每一章的重点内容，分析其逻辑关系，提出各章的名词解释，以掌握基本的内容。我也要求学生们在课后利用实验课、PRP、大学生创新项目等方式，在老师们的指导下查阅文献，运用所学到的科学知识和专业技能提出并解决自己感兴趣的问题。这就是在训练学生批判性的思维方式，而批判性思维的形成，就需要拥有更深厚的基础知识。

因此，培养学生们在拥有系统的基础知识和熟练的专业技能后，具备批判性的思维方式，才是大学老师们的根本任务！

（写于 2012 年 11 月 24 日）

当研究生导师的一点儿思考

1994 年回国后，我开始担任硕士生导师的。2000 年，我开始在华西医科大学，也就是现在的四川大学，担任兼职教授和博士生导师。对于研究生导师，我有以下几点思考和体会。

对待研究生需要一些耐心

我回国的时候，研究生招生已经结束了。学校为了让我能当年就招到研究生，让退休的郑振群教授帮我招了一个。这个学生成了我的开门弟子，他后来又去德国获得了博士学位，现在在马里兰大学任职。从 1994 年开始到现在，我的实验室培养了 70 多名博士、硕士研究生。大多数的学生都按期毕业了，一部分学生延期了，也有退学的。

退学的是小 A。刚入学时，她还是比较用功的，但是开始做实验以后，经常失败，她就觉得非常有挫折感，开始不断地请病假。一般的理由是感冒了，更多的时候是肚子疼。女生一个月肚子疼一次是正常的，但是疼两次就有问题了。我就让助手去宿舍看她，看看到底怎么了。临走的时候，遇到了我的爱人。

她说，你们这样去看学生，明显是对学生不信任，会让学生产生心理阴影的。于是，我就让助手去买了一些水果。我来上海以后还没有给谁送过礼，但是却给小A送了几百元钱的礼物。尽管这样，小A仍然是三天打鱼，两天晒网。混到六年头上，主动提出不再读书，要去工作了。现在她在华大基因做技术员，据反映工作表现还可以。前两年她结婚了，还给我和实验室的老师和同学寄来了喜糖。

当然，能毕业的学生也不一定就是令导师满意的。曾经有个男生，他考到交大以后，女朋友也要考交大的研究生，于是这个男生就花了很多工夫辅导他的女朋友。我在实验室经常看不到他，问他为什么不来实验室，他通常的借口是思政老师找他公干。于是，我就去问这位思政老师，很快就戳穿了这个谎言。后来他女朋友的妈妈生病做手术，他要去表现，走的时候也没有告诉我。实验室没了人，我当然要问。好不容易联系上了，结果他却说因为事发突然，我手机关机，所以就没有请假。这是一个荒唐的说辞。现在有各种各样的联系方式，起码可以给我发一条短消息或者发个E-mail。我批评他的时候，他竟然要挟我说，你再批评我，我就退学。于是我就让他马上交出办公室的钥匙和加样器，立刻走人，并且通知保安，不许他再来实验室。这下他急了，把父母也叫来了。他当着父母和教务江老师的面向我认了错。这以后这个学生就开始认真做实验了，终于在延期一年以后获得了硕士学位。他毕业以后去中学当了老师，也终于体会到我当时的要求是为了他好。2016年4月，交大120周年校庆的时候，我们实验室在上海及周边地区的学生来了 50 多人，他们还自发地为我庆祝 60 岁生日。因为不好意思见我，他特地让他的女朋友给我送上了一大束鲜花，给了我一个大大的惊喜。他曾告诉思政老师说，他经常梦见我拥抱了他，原谅了他以前的不懂事。前段时间，他有了儿子，我和妻子去看他的孩子，他也终于实现了拥抱我的愿望。

导师与研究生要和谐相处

我经常在想，我们作为研究生的导师，和我们指导的研究生之间是一种什么样的关系呢？

首先，我认为导师与研究生之间是一种学术关系。研究生导师是其所指导的研究生的学术引领者。我相信这一条大家都不会有异议。学术就像 lncRNA，把我们和学生结合成了一个共同体、一个复合物。因此，让我们可以一对一地指导研究生从事我们共同感兴趣的科学研究，让研究生们作为我们的助手，共同探索一个个科学问题，走向科学的远方。

其次，我认为研究生导师与研究生之间应该是一种更为密切的师生关系。请注意，我这里指的师生关系，不是亲密的师生关系，而是密切的师生关系。学生成了你的研究生，首先是因为交大的影响力，其次才是你个人的魅力。因为在科研工作中每天都会接触，研究生是每个导师除家人以外接触得最多的人。因此，在工作中，我们会发现研究生们有这样、那样的一些问题。对于学生出现的问题，我们一定要及时批评教育，让他们知道哪些事情是可以做的，哪些事情是不可以做的。只要不是违法乱纪的事情，不是违反校纪校规的事情，我们最好能够在实验室的小范围里解决，不要动不动就通过劝退等激烈的手段让矛盾升级。我记得，十几年以前，我们学院有名非常优秀的本科生，直升成为某教授的研究生。因为这位教授对学生非常严厉，让这个学生萌生了硕士毕业以后换导师的念头。但是这个教授却说这个学生不适合做科研，拒绝给学生写推荐信，于是这个学生就丧失了进一步深造的机会。学生的妈妈非常沮丧，儿子不能成为科学家，她认为是她自己没有培养好孩子。在一个太阳还没有升起的早晨，她就从位于 17 楼的家中跳了下去。这样的惨剧一直让我有种莫名的悲哀。“一日为师，终身为父”，我们要对得起这句话。

要将压力转变成动力

我们不要将自己的压力完全转嫁给学生。在交大当老师不容易，考核压力非常大，特别是刚入职的时候，可能好几年出不了成果。但是，假如我们能够潜下心来，在六年的时间里，专心做研究，还是能够完成的。我记得邓院长刚来交大的时候，也有很长一段时间没有很好的研究成果出来，但是他不畏艰苦，耐住寂寞，坚持研究 DNA 的硫修饰并最终取得了成功。大家想，若是没有邓院长当时的坚持，哪里能够发现 DNA 中有硫元素的存在?

我还想讲一下吴际老师。刚来交大的时候，有同事总在背后议论她。但是吴老师根本不理会其他人的议论，一门心思做学问，最终发现了卵巢中的生殖干细胞，让那些曾经背后议论过她的同事也对她竖起了大拇指。

所以，这些老师不是没有压力，而是把压力变成了动力，变成了与学生和谐相处、共同奋斗的信念，与自己的学生一起进入了科学探索的幽径，凭自己的努力摘取到科学的果实，他们就是我们学习的典范。

对学生宽容也可以提高生产力

最后，我还是想说，对待研究生要宽容，但不要纵容。研究生还是一群刚成年的年轻人，他们身上有活力、有干劲、有理想、有抱负，但是他们也会出现这样那样的问题。我们对待他们就应该像对自己的孩子一样。对于他们出现的问题，应该明确指出来，并且告诉他们应该怎么做，不应该怎么做。我从不因为学生做不出实验而指责他们，但是会因为他们不按操作规程办事而严厉地批评他们。这样做的好处就是，学生们不会因为压力，不会为了某些利益而弄虚作假。对于重要的发现，我也会安排其他同学重复实验，避免假阳性、假阴性结果对我们的干扰。有位年轻的老师，因为学生的观点与自己的不一致，就动不动让研究生退学。他工作没有几年，所招的十几个研究生都被劝退了，这对学生是不公平的，对他自己也没有什么好处。和这位教授私下聊天的时候，我曾经劝过他，但他说，他对学生严格，有什么不对吗？但是，一个、两个学生不好，可以理解，十几个学生都不好，是谁的原因呢？我觉得，一名教师的育人水平，不是看他能教出多少尖子生，而是看他如何对待所谓的“差生”。

齐颖新老师的课题组离我的实验室比较近。她并没有硬性要求学生几点来、几点走，也没有要求研究生必须周末、节假日加班，但是他们实验室的门每天开得很早，关得很晚，周末和节假日总有人在加班。这就是一种文化。她告诉我，批评学生一定要站在为了学生好的角度去批评，学生会体会到你的用心良苦的。齐老师最近一直有好文章发表，她难道对学生要求不严格吗？她只不过换了一种更人性化的表达方式而已。她巧妙地将压力转变成了一种促进实验室发展的文化、一种纽带，使师生成为一个利益共同体。在这样的一个集体中，哪个研究生能不努力呢？

要当好研究生的“大先生”

2016 年 12 月 7 日，习近平总书记在全国高校思想政治工作会议中强调：“教师做的是传播知识、传播思想、传播真理的工作，是塑造灵魂、塑造生命、塑造人的工作。教师不能只做传授书本知识的教书匠，而要成为塑造学生品格、品行、品味的‘大先生’。”习近平总书记的这段讲话，其实就是对我们每一个以教师为职业的人提出的工作标准。

从这段讲话中我们可以看出：传播知识、传播思想、传播真理这三个“传播”是教书，塑造灵魂、塑造生命、塑造人的三个“塑造”是育人。教书和育人是不可分割的。

因此，作为研究生导师，除了培养学生们从事科学研究的能力以外，还需要在生活上、思想上关心他们的成长，让他们最后都能从容对待名利、对待压力、对待同事，而我们自己也能在教书的过程中升华思想，成为真正意义上的"大先生"。

（写于 2018 年 11 月 20 日）

如何让留学生成为普通学生？

孔子曰："有朋自远方来，不亦说乎？"中国人自古好客，待人热情。

改革开放40年了，我们从将优秀的学生送出国门，到现在开放大门，广招各国留学生进入我国的各个大学学习。现在我国的留学生规模越来越大，这为中国高校的国际化和创一流加了不少分。理论上讲，这些做法是应该肯定的。但是，在具体的操作过程中，却存在着这样或者那样的问题，最主要的是，留学生们没有摆正自己是学生的位置，而把中国人的好客当成了理所当然，甚至做出一些违法乱纪的事情。我认为，留学生的问题主要有以下几点：

一是汉语水平普遍较差。据我所知，留学生有本科生、硕士研究生和博士研究生几种，还有很多从事博士后研究或教学科研工作的人员。我们招收留学生，最主要的一个目的，就是让他们了解中国、了解中华文明、了解中国的历史，从而将他们培养成为知华、爱华的友好人士。虽然会说汉语不一定就是"拥华派"，但是起码更了解中国，知道中国人民喜欢什么、厌恶什么，在以后与中国人民打交道的时候，知道忌讳什么、避免什么。试想：一个在中国生活了很多年的留学生，他的生活圈子就是自己国家的那几个留学生，吃着食堂专门为他们做的饭，用他们本国的语言讨论他们自己关心的问题，这样的留学生我们招他们干吗呢？

二是普遍具有超国民的心态。我不知道这样的心态是怎么形成的，但是我们的留学生没有经过像中国学生那样的层层选拔，入学的门槛比较低，因此在大学的学习过程中，成绩往往不如中国学生，更遑论有所创新了。有的留学生竟敢公然在课堂上要求任课教师对他们降低要求。当然，这样的不合理要求不会得到任课教师的同意，于是他们就到处反映，说老师课上得不好。有一名大四的韩国学生，选修了一门课，平时从不来上课，考卷几乎是白的。考试之后，他给老师写信说，他已经把宿舍退了，就剩下这门课没有成绩了，假如老师不给及格的话，他就毕不了业，他爸爸会打死他的。结果一了解，这个学生还有很多门课都不及格，为了及格，他就给所有的任课老师写信，诉苦加要挟，好像他这样做老师们就会网开一面。

三是不遵守中国的法律法规，蔑视校纪校规。有的留学生酒吧酗酒后与出租车司机打架，警察介入后还与警察推搡；还有一些有宗教信仰的留学生，在学校的一些公共场合从事宗教活动等。

四是要求学校专门开设全英文教学。本来我们给中国学生开设全英文教学或者双语教学，主要是为了加深学生们对专业词汇的理解和掌握。但是，个别留学生却把这件事情当成了对他们的特殊照顾。如果上课老师的课件不是英文的，他们就会提意见，说听不懂。

对于留学生的这些问题，我以为我们应该向发达国家学习，增强文化自信。

记得我在德国留学的时候，首先要通过的就是德语关。我们在获得留学资格之后，省里还专门对我们进行了外语培训。我的德语就是在山西大学开始学习的，到了德国以后，又在哥廷根的歌德语言学院学习了 4 个月，最后才到杜赛尔多夫大学上课。在德国正式学习开始前，外国留学生都必须要通过一个专门的德语水平考试（DSH，Deutsche Sprachprüfung für den Hochschulzugang ausländischer Studienbewerber）。只有通过了这个考试，才能在大学注册，学生也才能听懂老师的讲课。现在我们的学生要申请美国的奖学金，都必须先通过托福（TOFEL）或雅思（GRE）考试，要去英联邦的国家留学雅思成绩需要达到 7 分左右。既然国际上都有通行的标准，我们为什么不可以利用遍布世界的孔子学院，对想来中国留学的准留学生们进行汉语培训呢？只有他们达到了一定的语言水平，才让其申请奖学金并在各大学注册学籍；也只有达到了一定的汉语言水平，他们才能在中国学好科学文化知识，与中国的同学建立正常的同学关系，将来才会成为真正的“知华派”“拥华派”。

作为博士研究生的指导教师，我们也应该在平时的指导过程中尽量使用汉语交流。研究生开题、中期考核、论文答辩等各个环节也都必须使用中文。当然，他们在写作过程中面临的一些困难，导师们也有责任帮助他们，帮他们修改各种报告，包括汉语的遣词造句、语法等，对他们演讲过程中出现的一些错误，也要持包容的态度。

对于来华从事博士后研究或者担任教职的人员，学校也应该有相应的机构免费对他们进行汉语言培训。只有这样，他们才能真正融入我们的社会，了解中国老百姓的生活面貌。特别是对想长期在中国工作的友好人士，更应该对他们进行汉语培训和考核，然后再发给他们长期的居留或者工作签证。

还有最重要的一点，就是在留学生来华之前，要对其进行中国法律法规和校纪校规的培训，避免他们因为不懂得、不了解而触犯中国的法律或校规校纪。

总之，随着改革开放的日益深入，在中国的大学校园，外国人的面孔越来越常见，是时候将我们的热情待客之道转变为更加自信、更加包容、更加一视同仁的教学管理模式，按照我们自己培养学生的标准培养教育留学生了。

（写于 2019 年 7 月 18 日）

居安思危

2017 年 12 月 28 日，教育部公布了第四次学科评估的结果，上海交大生物学进入了 A+ 的行列。上海交大生物学科从开始筹备到现在只有 35 个年头。1982 年，借着改革开放的春风，老校长范绪箕主持校长会议，决定聘请中科院上海植生所副所长沈善炯院士领衔指导，应用化学系徐祥铭教授组织筹建分子遗传和生物工程研究室；在精密仪器系设立生物技术研究室，朱章玉教授负责开展模拟生物圈综合研究。1985 年，建立了生物系，开始独立招收生物学科的硕士研究生。1987 年，伴随着闵行校区的开放使用，开始招收本科生。1997 年，在中科院上海分院的鼎力支持下，上海交大生命科学技术学院成立了。这之后，学院开始蓬勃发展。我记得教育部第二次学科评估的时候，上海交大生物学排名还在第 14 名。在食堂吃饭的时候，有同事还很自卑地说，我们十年之后也进不了前十。谁知和“二医大”合并以后，我们继承了他们的生物学一级学科，很快第三次学科评估，上海交大的生物学就和复旦大学的并列第三了。2017 年 11 月中旬，学院纪念建院 20 周年之际，接受了教育部的第四次学科评估，我们都还忐忑不安，不知道这次评估会有什么样的结果。非常惊喜的是，这次我们进入了 A+ 的行列。

每个单位都有自己的问题，我们也知道学院还存在哪些问题，且一直在努力解决。2017 年 12 月 30 日，学院党委书记在朋友圈中转发了中国科大新创校友基金会的文章《从第四次学科评估看中国科大距离破产有多远?》。实际上，中国科学技术大学有 7 个学科被评为 A+，他们有很多值得我们学习的地方。他们都意识到了危机，我们难道不应该意识到吗？我想这可能正是书记考虑的问题，居安思危，交大生命科学才能更进一步。

正好，这一天下午，学校搞致远文艺年终总结，邀请我和夫人表演节目。我们就把为生命学院 20 周年院庆写的朗诵词又朗诵了一遍，也算是祝贺生命学院取得的好成绩吧！

生命之树

祝贺上海交通大学生命科学技术学院建院 20 周年

冬去春回，又见黎明
改革开放的春风，吹走了漫天的乌云
敢为人先的交大人在这阳光明媚的日子里
悄悄地埋下了一颗生命的种子
从此，这片不平静的百年沃土里更加的不平静
种子萌发、长须的声音激动着每一颗倾听的心
借助着黄浦江畔独特的优势
依托着中国科学院的强大外力

伴随着闵行校区的开放
上海交通大学,终于迎来了生物系的学子
带来了破土而出的第一份惊喜

春种秋收,奋发务实
生命科学的小树
为这所百年工科大学添加了绿色的音符
汲取着大地的养分
谱写着新的曲谱
短短二十个年轮
将童话般的故事讲述
短指基因的发现,弥补了遗传学百年的缺憾
DNA 的硫修饰,增添了基因新的元素
短短二十个年轮
今天的上海交大生命科学技术学院
早已长成参天大树

强队谐群,凝特聚优
全国优秀基层党支部
带领着我们一步步跨越
杰青、长江学者、万人计划、千人学者、中科院院士
优秀的师资队伍组建成生命科学的主体
国家重点学科
国家示范中心

国家重点实验室
年轻的大树早已结出了硕果
国家教学名师
国家精品课程
国家教学团队
国家教学一等奖
五千多优秀毕业生遍布世界各个角落

修德厚爱,健己惠人
宽容的学院文化
激发了科学家的无穷想象
卵子可以无限再生
合成生物学描写着新的篇章
温度调节水稻的生育
微生物技术把环境污染物降解
肠道菌群竟然影响了人类的健康
生物大数据计算出蛋白质的构象
每天我们都在无私奉献
每天我们都会收获新的硕果
每天我们都在创造新的奇迹
引领生命科学发展的方向
才是我们几代生科人共同的理想

（写于2018年1月3日）

《前沿生命的启迪》编写侧记

科学出版社的王老师告诉我，我和贺林院士主编的《前沿生命的启迪》清样发到美幸的 QQ 邮箱了。我马上找到美幸，让她赶紧下载下来。

其实，这本书最初的名字不是这个。

2006 年，我从刚退休的张惟杰教授手中接过为全校非生命科学专业的博士研究生开设的"生物学引论"这门课程。张教授告诉我，他在授课中邀请了生农医药各学院的著名教授来介绍各自的最新研究进展，目的是给非生命专业的博士生普及生物学知识，鼓励其从事与生命科学相关的交叉研究。根据张教授的建议，我在他给我提供的教师名单基础上，又增加了一些新老师，并根据每年的情况，适当调整授课教师名单，基本上做到了课程内容的系统性、前沿性和代表性。

2014 年，我将这门课的教学实践做了总结，被评为上海交通大学教学成果奖二等奖。

2014 年圣诞节那天，正好是贺林院士上那个学期的最后一节课，下课后我们简单聊了几句。他建议把所有老师的讲稿整理一下，出版一本教材。于是我给所有的任课教师以及一些没有上过课但在各自研究领域有所建树的老师写了一封约稿信，并根据大家的研究领域和热点问题编写了书稿大纲，书名暂定为《生命科学引论》。我的提议得到了大家的积极响应。考虑到寒假期间很多老师要申请国家自然科学基金，我就把交稿时间定在了2015年暑假前。在此期间，我们又从学校申请到了教材出版基金。

书稿送到科学出版社以后，很快就通过评审并正式立项，但出版社认为《生命科学引论》这个名字不够响亮，建议重新取一个书名。贺院士很快就建议叫《前沿生命的启迪》。刚开始我觉得这个名字有些绕口，认为《生命前沿的启迪》更好一些。但是仔细一想，贺老师的意见是对的，生命的启迪，“前沿”作为定语出现。假如是《生命前沿的启迪》，就是前沿的启迪，“生命”成了定语，意思不太一样。于是书名就这样定了下来。

在2015年10月底书稿完成之际，我和贺院士开始构思这本书的前言。由于当时是秋天，收获的季节，交大校园里的树叶或红或黄，煞是好看。我们漫步在铺满银杏叶的东川路上思索着，这秋天不正是生命当中最美好的时刻吗？大自然正以她特有的方式向我们展现着一年一度的轮回。虽然植物的叶片在凋零，但取而代之的是硕果累累，也就是新生命的开始。我们有感而发，很想把前言写得更文艺一些，但总感觉力不从心，只好简单描述了一下秋景后就按部就班地叙述编写这本书的目的并简单介绍了主要内容，最后感谢为这本书做出贡献的单位和个人。为了让这篇前言更丰富些，我们在校园里骑着自行车仔细寻找一个可以代表校园的风景，最后决定以逸夫楼前的红叶为主，信息楼作为背景。我按下了快门，好在那天蓝天白云，给这张照片增色不少。

上海交通大学闵行校区一角

在这本书的编辑过程中，我曾经与复旦大学的一位老前辈谈过我们的构想，他担心多人供稿写作风格不太好统一，但我却非常有信心，因为每位老师的课我都认真听了。虽然大家的写作风格可能不一样，但可以通过最后的统稿来解决。上课的时候，给我感触最深的不是各位教授认真的态度，而是大家都能做到深入浅出，将自己的最新研究成果和对生命科学的感悟告诉每一位同学，这其实就是我们这本书最大的风格。虽然各个章节独立，但全书却可自成系统，反映了现代生命科学前沿的方方面面，特别是上海交通大学在生命科学和医学方面的探索。初稿成文后，我们将书稿送给著名的生命科学教育家、《生命科学》杂志主编林其谁院士，请他帮我们把把关。林院士在百忙之中认真通读了全书，并进行了全面评价。更让我们感动的是，他为《前沿生命的启迪》热情作序。用贺院士的话说，他对本书进行了非常中肯的评价。

很多老师都说，现代生命科学就是要把生命线拉得更长，就是要把生命线铸得更加牢固。通俗地讲，就是要让我们更健康地活得更久，这其实就是我们这本书的中心思想。我和贺院士把这个意思写进了前言。为了更加突出，我还让学生帮忙画了一张草图，如下：

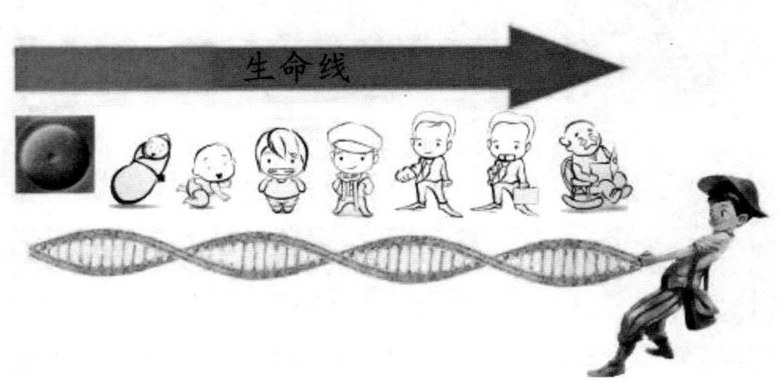

校对的时候，我觉得图中的主要元素来自网上的一张图片，拉长DNA这条生命线的小孩来自拔萝卜的小孩。我就重新选了一个非常漂亮的小姑娘的头像，换掉了那个拔萝卜的小孩；其他从小到大的人物图像，则找了几个同事，要来了他们的孩子从襁褓到少先队时期的照片；年轻人选了颜值非常高的卫东教授，但是大家觉得他现在的照片看上去非常老

成，让他翻箱倒柜找到了结婚时候的照片；后面的中年人就用了贺林院士和曾溢滔院士的照片，于是就变成了现在这个样子（见下图）。这张图表现了本书的中心思想，生命科学研究的终极目的就是延长人类的寿命，让我们的生活质量更高。当然，这里也体现了我们对自己子女的期待。出现在这张图片中的孩子们，父母都非常出色，他们自己学习也非常努力，将来一定会像贺林院士、曾溢滔院士一样，为科学做出自己的贡献！

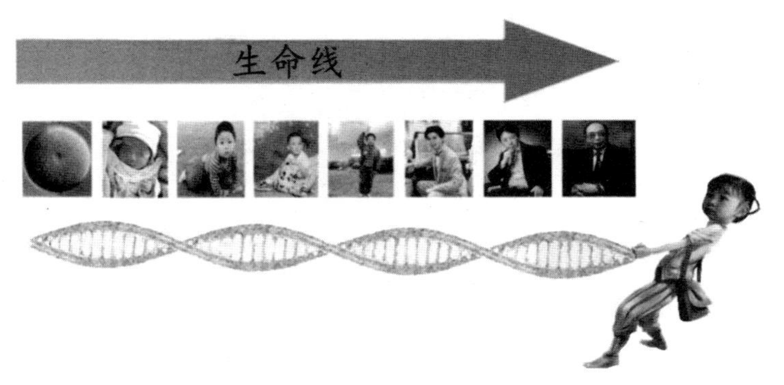

我将这张图片发给出版社以后，告诉责任编辑，希望这张图片能够出现在封面上，因为它体现了我们这本书的中心思想。

很快，美编就将设计好的封面传给了我，我们选择的设计样简单明快，但是上面的 DNA 太大了，也太真实了，真实得不像 DNA 了。我突然想起讲 ENCODE 的时候有一张图片还不错，就将上面的字擦掉，翻了个个儿，又让张东把向前伸展的DNA弯了回来，放在了上面。在责任编辑的建议下，我们又把背景做得浅了一些，把上面的DNA和下面小姑娘拉的DNA连接了起来，这样就成了一体。

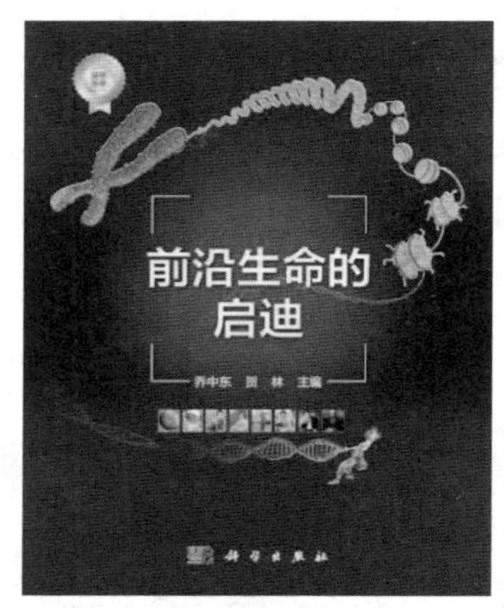

即将出版的《前沿生命的启迪》封面

秋天到了，又是一个收获的季节，也是新生命诞生的时刻，望着银杏树上挂着的簇簇白果，我们感悟着生命的启迪。

书终于放在了我的案头，激动的心情难以言表。这本书共38章，洋洋洒洒近百万字。作者包括上海交通大学生农医药各个学院的30多位教授，其中有3位两院院士、1位中组部“千人计划”入选者和十几位“长江学者”。他们及其团队为这本书的出版付出了很多心血，我在此为他们的辛勤付出致以崇高的敬意和衷心的感谢！

最后，我想用林其谁院士为《前沿生命的启迪》写的“序”中的几句话作为结尾，同时也为这本书做一个广告：

该书的作者聚集了两院院士、中组部“千人计划”入选者、教育部“长江学者”、国家自然科学基金委“杰青基金”获得者等一大批最优秀的学者，以及他们的最新研究成果，代表了上海交通大学在生命科学研究领域的水平。

书中的内容既有诸如新医学等概念和对未来医学发展的展望，也有新的生物技术在医学、农业科学和微生物研究中的应用及进展，还包括了生命伦理学、转基因植物检测等大家关心的问题。

该书系统地反映了生命科学和医学领域的方方面面，各章节的内容是各位作者科研工作的心得和体会，自成一体，因此，读者可以根据自己的偏好和需要选择性阅读。

衷心希望这本书能为生命科学的发展起到一点促进作用！

（写于2016年9月19日）

前沿生命的启迪

伴随着季节的转换，一股股秋风袭来，让原本郁郁葱葱的绿叶显现或黄或红的斑斓。跟随着秋风，树枝上的叶子缓缓地飘下，仿佛不愿离开养育了它的枝头。踏着秋天的步伐，我们漫步在上海交通大学校园里的林荫道上，试图寻找两片完全一模一样的树叶。虽然我们都知道，同一棵树的树叶，它们的基因组是一样的，但因为环境因素对它们的发育造成的影响不同，所以不会有两片一模一样的树叶。尽管每每失望，但仍乐此不疲。挂在银杏枝头的簇簇白果，预示着收获，也预示着新的生命。

每年在这收获的季节里，我们都会夹着教材，带着课件走进教室，和上海交通大学的博士研究生们探讨生命的奥秘。学生们很好学，也很聪明。他们一直都在追问我们每个老师：什么是生命？如何从生命的角度诠释我们人类？我们从哪里来？从遗传物质的角度看，我们和其他生物有什么联系？等等诸如此类的问题。我们这些研究了生命大半辈子的教师不得不小心应对，生怕一个不小心让学生们问得下不了台。

从哲学的角度，我们可以说，所谓生命就是一个从开始到存续再到结束的循环过程，在这个循环过程中，循环的个体不断延续。但是从生物学的角度看，大家约定俗成的概念就是所有的有机生命都是生命。我们不难区分什么东西是有生命的，什么东西是没有生命的，但要给生命一个科学的定义却让我们很为难。恩格斯基于19世纪生物学发展的进展，在《反杜林论》中是这样定义“生命”的：“生命是蛋白体的存在形式。这个存在形式的基本因素在于和它周围外部自然界不断的新陈代谢，这种新陈代谢一旦停止，生命就随之停止，结果便是蛋白质的分解。”虽然囿于科学研究的限制，恩格斯还不知道在生命的复制过程中最重要的物质是核酸，但他用一个所谓的蛋白体就给后人留下了遐想的空间，也把杜林所说的生命是存在于细胞之上的概念进行了修正。假如把生命定义为细胞结构之上的活动，就难以解释生命的起源问题，也很难解释生命从无机到有机这个渐变过程。他用蛋白体这个假设性的概念，就将生物体内的各种生命活动定义为各种化学反应，是一种高级的可以与外部环境进行不断的交换并新陈代谢的过程。

今天，我们站在巨人的肩膀上，面对着人类基因组计划完成后的海量数据，尝试着从现代生物学的角度去诠释生命：“生命就是由携带的遗传信息的核酸，通过RNA和蛋白质体现这些遗传信息的功能，并通过这些物质的不断繁衍往复，循环着生命的过程。在这个生命体系中，有机物充当了生命的载体，使之有别于其他可以循环或可以新陈代谢的非生命的过程。”

面对学生们渴望的眼光，我们告诉他们：“我们授课的目的不是为了帮助你们获得上海交通大学的毕业文凭，也不是为了你们有个更好的前程，而是想让你们跟随我们，以现代生物学的视野观察大自然的美妙，用现代生物学的方法，让世界变得更加缤纷，让我们的生活更加美好！ 让大家在获得知识的同时，获得快乐与满足！”

每一位讲课的教授，无不从最浅显的故事开始，讲述着发生在自己身边的故事，让大家知道了我们自己体内的微生物可以影响我们的身体健康，海洋微生物除了增加世界的美妙，还可以让我们观察生命从海洋起源到智慧人类的伟大历程。教授们通过授课还启发大家，是否可以通过努力，把我们的生命线拉得更长，让我们的晚年更加健康，让我们的生活更加美好。

《前沿生命的启迪》一书虽然不能给大家提供一个更确切的有关生命的定义，但通过展示生命科学的重大发现，阐述了生命科学的基本原理。 我们深信，只有掌握了坚实的生命科学知识，才能理解生命科学的最新进展和实际应用价值；只有掌握了更广、更深的生命科学基本知识，才能进而将日益增加的生物学知识融会贯通，并站在更高的角度去理解、去运用所学到的知识，展现出交叉学科研究的巨大优势。

由于生命科学是一门实验科学，因此，我们通过展示生命科学的科学概念，从观察和验证的发展历程，阐述生命科学的进程。每位老师都介绍了他们是如何提出假说并通过实验来验证科学原理的。我们更相信，科学就是一个观察、验证和发现的渐进过程。

由于同学们对发生在自己身上的生物学现象更感兴趣，因此他们更容易通过人类生物学的例子理解复杂的生命现象和概念，进而运用人类生物学的实例来尽可能清晰地阐述生命科学原理。在课堂教学中，我们会将人类基因组计划、克隆人、基因诊断、基因修改和基因治疗等最新的进展介绍给大家，也会告诉大家在转基因植物、DNA 指纹、基因工程、克隆、干细胞等研究中面临的社会、法律和伦理学的争论。我们坚信，通过和大家一起讨论这些内容，同学们会掌握更多的、更深入的综合知识体系。

由于生命科学的发展总是在解决各种生物学问题中前进，因此，在介绍研究进展时，我们特别注重将自己的研究是如何设计的、实验是如何实施的、结论是如何得出的等一整套的过程详细告诉给读者。尽管各自的内容是独立的，但综合起来就是一个生命科学研究的基础和进展，包括对未来的展望。通过课程的完整讲述，我们将会带给大家一个有关生命科学关键概念发展过程中观察和验证的相互逻辑关系。在教学过程中，我还要求学生们自己总结每一章的重点内容、分析其逻辑关系、提出各章的名词解释，以掌握基本的内容。我们更期望学生们在课后，利用自己的实验室，从事与生命科学有关的研究，特别是用电子信息、纳米技术、机械工程等原理和方法解决生物学问题。这其实也是我们开设“生命科学引论”最主要的目的。

秋风催，菊花黄，硕果更显香。

（写于 2015 年 11 月 12 日）

思源湖畔漫步

四万多年前，喜马拉雅山脉确立了她地球上最高峰的地位。那个时候，地球上的绝大多数地方还被冰雪覆盖着。随着气候的变暖，唐古拉山脉上的冰雪开始消融，巨大水流夹杂着大量的泥沙向地势低洼的东南方向冲刷，形成了中华民族的母亲河——长江。在长江的入海口，由于长江水流携带的巨大泥沙的堆积，逐步形成了一个新的平原——长江三角。在这片肥沃的土地上，五彩缤纷的植物开始扎下了它们的根，奇异漂亮的各种动物开始繁衍……大约六千年前，上海人的祖先也来到了这片土地上，他们在海边捕鱼、陆上狩猎，驯化家禽，饲养家畜，引进并种植了各种可食用的植物。随着时间的推移，上海逐渐成为一个备受瞩目的国际化大都市。人们从遥远的地方来到这块慷慨的土地上，在这里建立了新的农耕体系，修建了城市，拓展了商贸，在这片曾为沧海的土地上建成了世界上最大的城市和社会体系。

在这个新的社会体系和城市体系建立的过程中，环境在不断改变着。长江及其支流的河畔给人们提供了休闲和交流的场所。人们在河汊里游泳，在岸边骑车、嬉戏。大多数人来到上海最著名的外滩，就是为了一睹在社会转型过程中留下的“蛛丝马迹”。那些流连在外滩的人们，很少有上海的本地人，他们绝大多数都来自祖国的四面八方，甚至来自非洲、美洲、欧洲、大洋洲或者亚洲的其他国家。我们从这些人的外表就可以很容易地将他们区分开，因为他们的体格、五观、肤色、毛发是那么不同，他们的名字也各具特色。如果我们仔细观察的话，他们与自己同民族的人有些特征是相似的，如果来自同一个家庭的兄弟姐妹，则更为相像！

这些有形的差异也构成了长三角的特征，如各种藻类、结缕草、狗芽根、银杏、香樟，还有我们上海的市花广玉兰，以及蜻蜓、鲈鱼、梭鱼、海龟、田鼠、鸭子和苍鹭等，每种生物都有他们独自的特征。然而在他们之间，我们也很容易找到相似性。例如，苍鹭和鸭子都有羽毛，鲈鱼和梭鱼都有鳞，组成大片草坪的结缕草和狗芽根也很相像，等等。

1896 年，美丽的黄浦江畔建成了中国最早的现代高等教育学校——上海交通大学的前身“南洋公学”。1987 年，花园般的闵行校区开始有了学生，而现在闵行校区的思源湖畔已经成了我国优秀青年的一个聚集地。每一位在这所学校学习的青年都是才俊。

在座的各位，你们也可以互相看看，每个人之间的相貌有哪些地方是相似的，又有哪些地方是不同的？

这些相似性和差异性意味着什么呢？它意味着在遥远的过去，不同生物的根是联系在一起的。那些在外滩悠闲漫步的人们，那些在思源湖畔读书的同学，还有你们这些在课堂听课的同学是否会问，如何根据这些相似性和差异性将这些活着的生命联系起来呢?

同学们，你们是否想过，我们如何能够创造出一种集所有动植物的优点于一身的超级生命? 我们如何能够将别人的优秀基因移植到我们自己身上? 我们又如何能够远离疾病的困扰，健康快乐地生活呢? 这就需要我们运用自己所学到的分子生物学知识去改造生物，而这种改造的方法基础就是我们今天开始学习的“分子生物学”!

（写于 2012 年 8 月 26 日）

文理交而硕果生 艺工交而阔心胸

上海交大出版社将我预定的几本《诗文交大》送到了我的办公室。看着一摞新书忍不住拆开包装，发现竟然是精装本、全彩印刷的。

《诗文交大》这本书，是交大老师利用业余时间所写的与交大人、事、物、景相关的文艺作品。里面既有格律诗，也有现代诗，还有一部分是随笔和散文。暑假期间我参与了这本书的组稿工作，也利用空余时间专门写了一篇小文章。当我看到这么精美的作品呈现在眼前时，真是抑制不住自己的得意之情，因为我竟然参与了这么一项很有意义的工作。

下面附上我为《诗文交大》专门写的一段文字，权且作为推介吧！

文理交而硕果生　艺工交而阔心胸

上海交通大学因为“交通”这个词，一直被认为是一所培养造船、修路人才的工科学校。其实，上海交通大学一直以来就是一所文理兼顾、以理工农医见长、具有浓厚艺术气息的综合性大学。我们对“交通”的理解是“天地交而万物通，上下交而其志同”。上海交大的文科力量也非常雄厚。我这里所想讲述的，则是在我们这些理科男身边发生的与艺术相关的故事。可能你听说过上海交大的交响乐队，这是由一帮业余选手组成的具有专业水准的团体，曾在国际上多次获奖，盛名远扬。我有个学生，是乐团的首席小提琴手。他谈恋爱的时候，借着在菁菁堂的演出，为心上人献上了浪漫的一曲，留下了一段佳话。

长亭外，古道边，芳草碧连天。晚风拂柳笛声残，夕阳山外山。

天之涯，地之角，知交半零落。一壶浊酒尽余欢，今宵别梦寒。

长亭外，古道边，芳草碧连天。问君此去几时来，来时莫徘徊。

天之涯，地之角，知交半零落。人生难得是欢聚，惟有别离多。

这是交大校友李叔同先生在1914年送别好友时的即

兴之作，但整首词中却没有对友人的丝毫描述，因而成为所有人离别的感情寄托，也因此成了自宋以来最好的词。这首词面世以后，李叔同先生又根据美国歌曲《梦见家和母亲》的曲调谱写了曲子，供人们传唱。我最早听到《送别》这首歌，是在看电影《城南旧事》时。英子周围的人一个个离她而去，英子也因为父亲去世，和妈妈一起坐着马车，踏着《送别》的歌声告别了熟悉的环境。这时，一种让人难以忘怀的情绪涌上心头。那婉转的曲调勾人心魄，仿佛又看到袁世凯篡夺辛亥革命胜利的成果后，人民对未来的迷茫。一句“知交半零落”就将人们孤独无助的心情描写得淋漓尽致。“今宵别梦寒”更让人潸然泪下！分布在天之涯、地之角的朋友啊，我们难得相聚，相聚的结果就是离别啊！

一天，我的老同学杜大哥在同学群里发了一个他自己制作的视频，其中的背景音乐就是这首《送别》。我听了以后告诉杜大哥，这是上海交通大学早期毕业的学生所作，我们学校还有以他的名字命名的道路，就在人文学院的背后。《送别》已经成为我国现代最早、最著名的合唱歌曲。

其实，别看上海交大工科的学生多，但这些学生们多才多艺，在不同艺术领域中展示着他们的风采。2016 年，作为校庆 120 周年的一个节目，国家一级演员、昆曲小生张军带领他的团队，在菁菁堂为师生们献上了一部用昆曲演绎的《哈姆雷特》，将守成和创新融为一体，以东方独特的艺术形式重新演绎了这部莎翁名剧。在这部戏中，张军一个人扮演了所有的角色。此外，张军还创作了《春江花月夜》等现代昆曲作品。每次张军来交大演出，都要与同学们互动，给大家讲述昆曲的故事、昆曲的唱念做打等。

有一次，儿子、儿媳带着孙女去看望王一飞老先生。王一飞是我国著名的组织胚胎学家，在男性生殖科学领域享有崇高的地位。他曾经是上海第二医科大学的校长，还在世界卫生组织的人类生殖特别规划处任过职，为世界卫生事业贡献了四个年头。老先生看见小孙女聪明伶俐的样子，开心地为她演奏了一首钢琴曲。才一岁多的小孙女闻声起舞，随着音乐开心地跳了起来。王教授很是高兴，特地告诉我一定要给孩子买一架钢琴。其实，王教授多才多艺我早有耳闻。他上大学的时候，无论学校有什么活动，保留节目一定是王一飞弹琴伴奏、黄淑帧演唱。可能是由于遗传，也可能是家学渊源，黄淑帧教授的女儿、长江学者、我国著名的发育生物学家曾凡一教授，也是女中音，誉满华夏。曾凡一和中国科学院的周琪教授一起，将 iPS 细胞（诱导的多能干细胞）注射到四倍体的囊胚中，再植入假孕小鼠的子宫中，生出了 iPS 小鼠 Tiny，这使动物克隆迈出了一大步，也跨过了克隆人所面临的杀死胚胎的伦理学障碍。我们学院请她做完报告以后，主持会议的林志新院长还鼓动大家请曾教授献歌一曲，方才放她离去。其实曾教授的歌声一点儿也不亚于专业歌手。她曾经多次在中央电视台举办专场演唱会，也多次出席中央台和地方台的演出。当然，在学校的舞台上我们也可以经常看见她的身影。

交大材料学院有一对夫妻，擅长将学校里发生的故事以相声形式表现出来。他们表情诙谐、语言幽默，抖落着一个个包袱，现场笑声不断。他们还创作了有关相声艺术的专著——谁能想到他们这对工科背景的业余选手，可以不断地表演着专业的相声？

我有一个非常漂亮的女学生叫陈韵若，学习很是刻苦，成绩也很优异。大四的时候她找到我，希望在我的课题组做毕业设计。看着她每天早来晚走、认真工作的样子，我就问她是否愿意来我们实验室继续读研究生。意外的是，陈韵若坚定地告诉我，她将来不准备从事有关生命科学的研究，而是要去做音乐人。有一天，她给了我一张自己录制的唱片，是她自己作词、谱曲、演唱的歌曲。我不会唱歌，但是仍能感受到她美妙的歌声想表达的意境。大学毕业后，陈韵若去了北京，加入了一位著名歌唱家的团队，为这位歌唱家作曲。有一天，我意外地接到了一个来自北京的快递，里面有一张光盘，是电视连续剧《我在1949等你》的主题歌。我平时很少看电视，但是这次忍不住搜索到了这部连续剧，看了一个大概。陈韵若现在回到了上海，有了一家自己的音乐制作公司。她现在是两个孩子的妈妈，但她每天还在谱写着新的歌曲。

上海交通大学的教师和学子们，不仅仅在做一等的学问，还享受着一等的生活。刘西拉教授拉琴，夫人陈陈教授钢琴伴奏，演绎着新版的笑傲江湖，更表现了交大人的人文情怀。

这正是“天地交而万物通，上下交而其志同。文理交而硕果生，艺工交而阔心胸”。

（写于 2017 年 11 月 11 日）

哲学中的生命，生命中的哲学

年前，科学出版社出版了中国科学院水生生物研究所谢平教授的新作——《生命的起源-进化理论之扬弃与创新——哲学中的生命，生命中的哲学》。书中各章内容在其博客上也有介绍。我读了以后，觉得不过瘾，就让学生帮我从网上买了一本，随后告诉谢教授，请他来上海时给我签名。谁知没过几天，谢教授就从邮局寄来一本他盖章签名的新书，让我非常感动。

这本 16 开的精装书共 12 个章节，48 万字，凝聚了谢教授两年的心血。作者以一位生物学家的视角，运用哲学的观点，探讨了生命的起源和生物的进化两个问题。

作为生命学院的教师，总有一些人问我“什么是生命？”对这个问题，我一直不知道怎么回答。百度给出的答案是“生物体所具有的存在和活动的能力”，但这个答案我一直觉得不是很好。其实，读了谢教授的书以后，对这个问题你可能会有新的理解。

有关生命的起源，科学家们曾经做过很多深入的研究，但是这些研究却没有突破过两千多年前古希腊哲学家的大胆预言：恩培多勒克认为地球生命是宇宙演化的产物，阿那克西曼德曾说生命源自海洋，伊壁鸠鲁认为生命由原子碰撞而成……读了这本书后，我的第一感受是先辈们太伟大了。在那个年代，我不知道他们是怎么定义分子和原子的，但他们却用现代科学的语言解释了现代科学技术手段仍无法完全证实的科学现象，这就是哲学的伟大之处吗？

我记得在大学学哲学的时候，老师曾说，哲学是一种使人聪明、启发智慧的学问。哲学是理论化、系统化的世界观，或者说是人们世界观的理论体系。现代的科学家们，用尽了所有的现代科技手段，也没有超出先辈们的预言。最近，上海交通大学启动了一项“面向未来科学技术预见”项目征集活动。这个活动的目的是倡导解放思想，应征的科学技术预见应注重新颖性、原创性、突破性，避免与已有的科技预见重复，既欢迎有现实科技基础的渐进式科技预见，也欢迎大胆畅想的颠覆性、跨学科科技预见。虽然科学预言不是搞活动搞出来的，但是我们学校的科研管理部门显然已经意识到了，科学想象和科学创新之间的关系，期望富有想象力的预言首先能被提出来，然后再想办法去实现。

有关生物进化的问题，谢教授在书中用大量的篇幅回顾了从古希腊哲学家到拉马克，再到达尔文的各种观点，以及对达尔文进化论的质疑和扬弃，并对进化过程中很多迄今人们无法理解的现象进行了罗列。例如，为什么地球上的生物只使用一套遗传密码，却在地球上孕育了数以百万计的生物物种？ 为什么不同类群的物种分化速度不一致？ 为什么没有获得性遗传，但种族却有本能和习性？ 等等。

虽然我对进化理论知之甚少，也从未进行过研究，但作为一个讲授遗传学和分子生物学的大学教师，却清楚地知道，进化的基础是基因突变，没有突变就没有进化，重组虽然也可以促进进化的发生，但是在重组的过程中，将很多已有的有益突变重新进行了整合，这样才产生了新的表型。 我记得有一年给硕士研究生出的入学考题是“嫁接可以改良苹果，另外，在选择压力下，物种可以进化，因此有人就提出假设‘小鼠出生时，就将其尾巴剪掉，数十代之后，就可以得到没有尾巴的老鼠了’。 这个假说对吗？ 为什么？”竟然有很多学生回答“可以！ 假如环境压力足够大的话，老鼠就不会长尾巴了。”看来这些学生都不知道苏联“科学家”李森科在某次会议上宣扬他的“获得性遗传理论”时所闹的笑话，不知道突变是进化的基础。 毛主席曾说，“外因是变化的条件，内因是变化的根据，外因通过内因起作用”。 毛主席还说过，“一个鸡蛋要孵出小鸡来，必须要有合适的温度，没有合适的温度，鸡蛋是孵不出小鸡的。 但是光有温度，没有鸡蛋也是不行的，一个和鸡蛋一样大小的石头，无论环境多么适宜，它是永远孵不出小鸡的”。 李森科过分强调了选择压力这个外因，而没有强调突变这个内因，所以李森科必定成为历史上的一个笑话！

扯得有点儿远了。 总之，读了谢教授的这本书以后，我们就可以从哲学的角度，从历史发展的角度看待生命、看待进化，学到很多以前不知道的知识。

（写于 2015 年 6 月 10 日）

谆谆寄语爱心显

泰戈尔曾说:“我的眼睛为你流着泪,心却为你撑着伞。”其实,看见学生有问题,对他们进行批评教育,这何尝不是眼里看见的和心里想着的达成了统一?字里行间,乔中东教授对学生关爱有加,对准备入学的研究生们充满期望,因为疫情不能来学校,他又对学生悉心进行远程指导。

有教无类乎？

——写在2015年教师节

2015年的教师节又到了。我们的祖师爷孔老夫子曾说过"有教无类"，意思是所有的人都可以接受教育。他是这样说，也是这样做的。在他的弟子中，不乏穷人家的孩子，其中颜回、曾参等还成了大家。古往今来，有多少穷人家的孩子通过悬梁刺股刻苦学习改变了自己和家庭的命运？接受教育实际上成了选择自己人生的另一种途径。

前几年，有学生毕业请我给他们写几句祝福的话，我记得当时写的是"你们的成功，不是因为父荫，而是你们的杰出"。我总以为，只要自己付出了，就能得到回报。聪明加上自己的努力就一定能够达到自己所想达到的高度。前段时间，我与大学同学一起创作群歌，我在写歌词的时候将"成功不是因为父母的庇荫，而是我们有坚定的理想"作为副歌，每一段后反复吟唱。在发给同学们提意见的时候，不止一个同学说这句话太沉重，还是不要出现在歌词中为好。我结合同学们的意见，仔细进行了思考。确确实实，我们这帮77级的大学生今天都在各自的领域做出了一定的成绩，儿女们也都发展不错，虽然我们的父母在我们工作当中没有给我们更进一步的帮助，但是他们给予我们的支持是我们迄今不能忘怀的。没有父母的支持，我们肯定是没有办法上大学的。

记得 1973 年的春天，因为家庭经济困难，刚读初三的我就不得不辍学去一个工厂当小工，给人搬砖、和泥，盼望着年底能转为正式工。哪知到了国庆节，政策发生了变化，我们已经没有可能转为正式工了，而且面临的路只有下乡一条。在这种情况下，还是妈妈替我拿定了主意，让我又回到了学校继续读书。虽然当时已经在反“回潮”了，但因为这段特殊的经历，我已经懂得了学习的重要性，开始自主学习了，这其实是我最终能考上大学的直接原因。我现在就一直在想，假如当初我去了农村，没有后来的积淀，我是否能在 1977 年考上大学？这些其实还是妈妈在那个特殊的岁月替我做出的选择。

我记得上大学以后，小我两岁的弟弟每个月拿到工资，就会按照妈妈的嘱咐跑到学校送给我 5 元钱，再加上学校发的 20.5 元的助学金，我就可以吃喝无虞了，要是再节省一点儿，周末回家还能买几毛钱的菜。我有个同学父母早逝，他和妹妹一直在舅舅的照应下生活。大学期间，他拿 23.5 元的最高助学金，年底的时候还可以申请困难补助，用于购买回家的火车票。这个同学生活非常节俭，食堂偶有红烧肉，有同学嫌肉皮上有毛，只吃红肉，剩下的我这个同学一口就吃了，当时看得我非常心酸。但每次过年回家，他一定会给舅舅买一瓶两块多钱的汾酒，说是不能忘记舅舅对他和妹妹的养育之恩。大学毕业后，他凭着自己的努力有了很好的家庭，据说还当过县委书记。虽然我这个同学父母早逝，但在父辈的庇护下，有亲爱的舅舅帮助，他还是有了光明的前景。

大学毕业我读了研究生，当时研究生的工资与大学本科毕业生的工资是一样的，每月 45 元，再加 5 元的副食补贴和 5 元的书本费，生活再也不拮据了。当了老师以后，我一直以为，我现在的地位和成就是我自己奋斗出来的，在和学生、同事聊天，特别是教育儿子时，偶尔会提及自己的奋斗历史。诚然，个人的努力确实是自己进步的基础，但是没有社会的进步，没有家庭的支持，我就不会有今天的成绩。

改革开放后，大学开始扩招，更多的有志青年可以进入大学学习了。虽然多数同学可以通过奖学金解决日常生活问题，但是入学时的那笔学费却不是一个小数目。我有个学生，学习非常用功，还通过做家教赚取生活费，除了学费以外，再也没有和家里要过钱。小伙子人长得帅，学习好，肯动脑子，手也巧，但父母年纪大了，家里经济条件较差。今年夏天，母亲在地里劳动时不幸被牛顶伤了眼睛，这一下可愁坏了一家人。我不敢想象现在住院治疗对于一个没有额外收入的农民家庭会造成什么样的经济负担！他从医院回到学校后含着泪对我说的第一句话就是“对不起，老师。我不准备读博了，明年硕士毕业后就去工作了”。我对他做任何的经济和精神上的承诺都是苍白的。虽然多次劝说，仍然无法改变这个孩子的处境，当然也无法改变他出去工作的决心。

这个时候，我才终于理解了我的同学为什么说“我们的成功不是因为父荫”这句话太沉重了。我在德国留学的时候，所有的学校都是免除学费的。后来发现很多人都不愿意毕业，想继续享受大学生的福利，国家就出台了征收学费的政策。每当国会、议会讨论这个话题的时候，学生们就会自发地上街抗议游行，但最终也没能改变政府的决心。现在，德国的大学开始象征性地收取学费，一年一千欧左右。我们国家经过这几十年的发展，经济得到了很大的进步，教育经费支出也达到了 GDP 的 4%左右。我梦想的是：什么时候我们的义务教育不再是九年，而是十二年，甚至终生？这样，我们的孩子就能够通过学习选择自己真正喜欢的生活方式了。

（写于 2015 年 9 月 8 日）

同学们，你们如何过暑假？

一年一度的暑假又要到了。我问我的学生们，他们暑假想干什么，不同年级的学生会有不同的答案。大三的同学或是忙着做实验，或是去公司体验产品的生产过程；大二的同学或是准备各种竞赛，或是准备参加各种英语培训；而大一的同学则更愿意报名参加各种社会实践活动。

我傻傻地在微信群里问了一句："有没有同学愿意帮助父母做农活，或者做点体力活挣钱？"没有得到任何回应。

记得我上高中和大学的时候，每到暑假，总要去建筑工地搬砖、和泥、拉钢筋等。那个时候，每天1.34元，一个假期下来，也能凑够一年的书本费。儿子考上上海交通大学以后，我也曾经想让他去学校工地上锻炼几天，体会一下挣钱的辛苦。于是，特意托基建处的老师帮忙联系，结果学校工地的领导死活不同意，理由是孩子好不容易考上了大学，万一在工地上出点啥事情，他们可担不起责任。

于是，我又给老家的亲戚打电话，说让儿子回去帮他们除除草、收收麦子。结果亲戚回复我："我们自己的孩子都舍不得让做这些活，你们城里的娃细皮嫩肉的，怎么能受这样的苦呢?"

尽管这样,我还是带着儿子去山西平定的山里住了两天,主要是想让他感受一下,在这个世界里还有很多人过着与我们不一样的生活。

后来,我想想,现在的学生不会,也不再需要做纯体力活挣钱了。因为留在上海做家教,也比回家帮父母收麦子来钱快。既不用受日晒之苦,还可以多挣一些小钱孝敬父母,何乐而不为呢?

我告诉学生们,如果暑假回到家里,要多陪陪父母,讲一讲你们在学校遇到的各种有趣的事情,讲一讲你们对父母的思念,学到的哪些知识能够帮助父母解决生活、工作和健康问题等。千万不要熬夜打游戏,早晨一觉睡到大中午。早晨要早些起床,帮助父母准备早餐,吃完饭帮助父母洗碗。晚上趁着月光,陪父母散散步。也别忘了去看望思念你们的爷爷奶奶、外公外婆……

暑假的时间可以自由安排了,也没有升学的压力,这个时候正是给自己充电的好时机。理工科的同学可以练习一下书法,背诵一些唐诗宋词,读读世界文学名著。文科的同学可以学习一些自然科学知识,补一下知识的短板。当然,也可以提前回到学校,参加各种科研活动或者学校组织的活动。

中国有一句古话"读万卷书,行万里路"。读书,可以在书房读,也可以在社会实践中读。虽然说"读书破万卷,下笔如有神",但是若想自己读的书有用,就必须和实践相结合,要多思考。因此,在做社会实践的时候,要尽量多地看看生活在农村的老百姓，他们有什么需求、有什么困难。

应该说，今天的中国农村已经发生了翻天覆地的变化，正在进行着前所未有的变革。乡村振兴、工业反哺农业、城市支持农村、农民工进城后的市民化……这一系列的国家战略在实施过程中，面临着哪些问题？农民和农民工的社会保障，比如教育、医疗、养老等，存在哪些问题？农村的基础设施、公共服务等建设过程中面临哪些问题？这些都需要我们认真思考。你可以基于自己学到的知识，提出见解和建议。

读了万卷书后，还再行万里路，亲身体验一下书中描述的情景，与我们的实际有哪些不同。我们要通过思考、比较，将知识融会贯通，这样才能更好地运用知识。通过社会实践、行万里路，才能体会到知识的力量，为端正学习态度、树立远大的理想奠定良好的基础。

（写于 2019 年 7 月 6 日）

“准研究生们”，你们准备好了吗？

如何成长为一名合格的研究生，这可能是研究生、导师和学生家长都关心的问题。作为一名研究生导师，我始终认为，绝大多数研究生都是好的，只有个别学生有问题，或者说研究生总体是好的、是积极向上的，但是某些方面存在缺点，需要导师予以教导。

下面我站在导师的立场，谈一下研究生学习和工作中应该注意的几个问题。

第一，厘清攻读研究生的目的。于右任先生曾经写过这样一副对联：“计利当计天下利，求名应求万世名。”一个人没有远大的理想是走不远的。因此，要想当好研究生，就必须要有理想、有信念，有明确的学习目的，有端正的学习态度。

一些同学会说，我想得到一个更高的学位，将来找一份挣钱多且轻松的工作。这也无可厚非。因为通过读书，确实可以改变我们的命运。

我经常收到学生的来信，想硕士或者博士研究生阶段来我们实验室继续深造。我通常都会问他们“为什么要选择上海交通大学作为继续深造的地方？”得到的答案几乎相同：平台好、有大师、地理位置好、容易找工作；更重要的是，毕业以后还能够获得上海市户口。

今年3月份，硕士研究生面试录取结束后，在选导师的过程中，有位年轻的老师就向我抱怨道："现在的孩子们怎么这么势利呢?"原来，他在与一名刚通过入学面试的准研究生交流的过程中得知，这名学生就想混个文凭，因为读生物学专业硕士可以满足落户的要求。这名学生还提出为了找到一份心仪的工作，想多在公司实习，少来实验室。更可笑的是，竟然还希望将来的毕业论文请老师帮忙过关。听完这些要求，年轻老师直接把这名学生拉入了黑名单。

其实，每位即将入学的研究生都应该想一想，经过几年的培养，你应该具备什么样的能力？如果你没有正确的学习目标，学习态度也不端正，怎么能顺利毕业？更何谈心仪的工作?

第二，要学会与人相处。很多同学在毕业前夕都请我写推荐信，在推荐信中我总要提及被推荐者的团队精神。我挑选研究生，将合作精神看得比聪明更重要。我认为团队精神应该包括对导师的尊崇、对团队的忠诚、对同学的维护等。一个研究生在选择导师前，肯定已经通过各种渠道把导师的研究方向、为人处世，实验室学生的出路等情况了解清楚了；而导师想要全面了解学生，则没有那么容易，甚至很多导师将挑选研究生比作赌博，选对了，师生互相促进，而一旦选了一个不努力的学生，则不知道要多操多少心。虽然可能存在有的老师对学生严格一些，有的老师对学生耐心一些，但几乎没有一个老师对学生心存恶念。他们管理学生，都是希望带着学生一起探索科学的奥秘，让学生的路走得更顺畅。

除了与导师处理好关系，还需要对实验室有认同感，要把实验室当成自己的家来爱护。实验室的仪器、材料等都是公有财产，不可以随便拿出去给其他实验室的同学使用。如果你的同学确实需要，应该告诉对方，一定要通过双方的导师沟通。

此外，还要学会与同学相处，要互相理解，不要互相挑毛病。在学校的时候，由于生活习惯不一样，同学相处可能会有不和谐，出现这样或者那样的问题时，一定要尽可能多从自己身上找原因。遇到实在解决不了的问题，一定要去找导师。要知道，导师无论在学术上还是在生活上，都比你经验更丰富。最后，你会发现具有团队精神的人过得更愉快。

第三，要努力工作。研究生和本科生最大的区别就是做研究。研究生想毕业，必须要有研究成果，而学位证是靠自己的聪明才智和努力拼搏得到的。记得我攻读研究生的年代，几乎所有的学生都没有节假日，每天泡在实验室，自然我们也都顺利地获得了相应的学位。

即将入学的“准研究生们”，你们准备好了吗？

（写于 2019 年 7 月 22 日）

新冠肺炎防控期间，学生如何居家做毕业设计？

虽然全国新冠肺炎确诊病例数在持续下降，但是拐点还没有真正到来。学校开学因为疫情不得不延迟，等疫情真正得到了控制，才是我们开学的时候。

三年级以下的学生，学校已经安排了网上授课。但是对于正处于做毕业设计（以下简称“毕设”）的大四的学生们，应该怎么办呢？在这个延长了的寒假中，大家怎样能根据教学要求，继续做了一半的毕业设计，开学时交出一份满意的答卷呢？我有几条建议，供同学们参考。

首先，学习规划要做好。开学延期也好，假期延长也罢，这些都是无奈之举。大家不要把它当成真正的假期，要当成人生经历中的一页，要当成是在磨炼自己的意志，学会在特殊的情况下自学的本领。恩格斯曾说：“利用时间是一个极其高级的规律。”这句话的含义是，会不会规划时间、会不会制订学习计划，对于一个人的学习有极其重要的影响。因此，我希望大家首先要制订一个学习规划和作息时间表，早睡早起，养成良好的生活和学习习惯。

第二，教师指导最重要。指导教师应该比学生在校时更关心他们，既要知道学生们的健康情况，更要了解学生们的学习情况。导师要和学生一起分析目前毕设的进度，根据实际情况及时调整目标和任务。在学校的时候，导师可以让研究生帮助指导本科生，但是现在这种情况下，导师还是需要亲自和本科生联系，给学生以具体指导。根据课题的要求，教师应该给学生们提供一些关键词，让他们查阅文献，了解本学科研究的新进展，如充分利用交大 VPN，在家认真研读与自己研究方向相关的文献，学会使用 EndNote、Mendeley 等科研文献管理工具，记下在文献阅读中产生的新想法，撰写读书笔记和综述。大家要清楚学科前沿进展，特别是对自己研究方向的把握，是毕设的一个最重要的关键点，也是毕设论文最重要的组成部分。

第三，实验模拟补短板。从事生物信息学研究的同学，要把家当成实验室，充分利用网络资源，做好研究工作。非生物信息研究方向的同学，也要对已有的实验数据进行归纳和总结，看看得到的结果哪些与假说相同，哪些与假说相悖，开学之后还需要进行什么样的研究来完善自己的论文。

第四，前因后果心明了。生物学的研究是建立在实验基础之上的，没有实验是不能进行生物学研究的。但是在目前情况下，大家在家里要熟悉毕设还需要做哪些实验，这些实验需要哪些试剂、抗体、培养基，实验的具体步骤是什么。每个实验过程要多看几遍，最好能熟记在心；还要熟悉每个步骤中需要加什么缓冲液，这些缓冲液由什么组成，每种成分有什么作用，酶促反应的条件和时间等各种细节。大家对自己的研究要知其然，更要知其所以然。只有了解前因后果，做事情才更有把握和方向。

第五，避免错误重复犯。虽然实验是一个不断犯错的过程，但是要避免在同一个地方摔倒两次。因此，要与师兄师姐们建立良好的关系，了解他们在做实验的过程中犯过哪些错误、为什么会犯这样的错误、如何避免犯同样的错误等。

第六，互帮互学情谊牢。要和自己的同学建立良好的学习群，大家互相督促，互相帮助。团结就是力量，人多力量大。在学习中遇到困难，要多和老师、同学商量，这样才能取得事半功倍的效果。

第七，分担家务多尽孝。很有可能，你这一生中不会再有这么长的时间和父母在一起了。因此，学习之余要帮助父母做些家务，这些事情可以作为锻炼身体、调节生活情趣的一个方面。一日三餐，给父母打打下手，体会一下居家过日子的乐趣。多和父母聊天，让父母体会到有儿女在身边的幸福。

最后，一日三省要知晓。每天晚上睡觉前，对照自己的学习计划，看看哪些事情做了、哪些事情没有做完，明天还要做什么。曾子曰："吾日三省吾身，为人谋而不忠乎？与朋友交而不信乎？传不习乎？"意思是："我每天多次反省自己：替别人做事有没有尽心竭力？和朋友交往有没有诚信？老师传授的知识有没有按时温习？"我想这段话对我们大家都还很有用。

重要的事情说三遍，若想在假期结束的时候能交出一份满意的答卷，这八句话大家要记好：

学习规划要做好，教师指导最重要。
实验模拟补短板，前因后果心明了。
避免错误重复犯，互帮互学情谊牢。
分担家务多尽孝，一日三省要知晓。

（写于2020年2月12日）

如何在高校生物教学中组织社会热点问题课堂讨论*

提高教学质量是高等教育的生命线。高校教育改革提倡开展启发式、讨论式、参与式教学，从而激发和鼓励学生的创造性思维。课堂讨论作为大学课堂教学中经常使用的一种方式，在进一步发挥学生在学习过程中的主体地位、践行探究性学习的教学实践中尤为重要。

生物学与人类社会的发展关系密切，涉及农业、医药、环境、能源、人口等众多领域。特别是以基因操作为代表的现代生物技术的应用，因其可以很快改变生物的性状，所以引发了社会的热切关注。例如：转基因作物的批准与推广、抗生素的合理使用、辅助生殖技术、克隆猴（人）引发的伦理问题等，都是公众极为关注并具有很大争议的话题。针对这些问题，在非生物学专业本科生的通识课和生物学专业的基础课以及专业课上组织教学讨论，除了能活跃课堂气氛、调动学生学习的积极

* 这篇文章是我和同事庞小燕、石建新一起写的一篇教学总结（有删改），于2019年年底全文刊登在《生物学研究》上。2019年10月，在全国生物化学学术会议上，我应邀代表全体作者以这个题目作了报告。这里再介绍一下，供大家批评指正。

性、激发学生深入思考外，还可以去芜存菁，传播正确的科学知识，让学生们掌握更多、更深入的综合知识体系。

但是，如何将学生们在专业知识支撑下的科学讨论与社会上流于表面、混淆概念的“口水战”区别开来，则是组织讨论课教学的教师必须重点关注的问题。本文以如何组织和开展转基因相关内容的课堂讨论为例，总结和分享我们在教学中摸索出的“三轮讨论教学法”。

设计主题，初步讨论

在本科生的通识课“生命科学导论”的“转基因技术”这一章节中，我们在介绍了转基因技术的基本原理和操作后，即随堂组织同学们对转基因作物是否可以进入老百姓的餐桌进行讨论。

讨论课教学的起点是问题的设计，必须和课程内容有机结合，并突出实用性和启发性。自 2013 年爆发公众人物转基因论战以来，越来越多的老百姓对转基因谈虎色变，莫衷一是。在针对转基因开展课堂讨论之前，一定要确立恰当的讨论主题，界定清楚问题的范围，表意明确，这样才能使讨论或辩论的双方有的放矢，逻辑思辨。转基因技术作为一项新型的生物学技术，不仅极大地推动了分子生物学的发展，而且已广泛应用于医药、工业、农业、环保、能源、新材料等领域，为人类社会的进步做出了突出的贡献。毋庸置疑，支持和发展这项技术是大势所趋。因此，转基因技术本身不具有讨论性，如果让学生针对是否发展转基因技术进行讨论，会导致不同观点之间论证义务的不平衡、不对等，大大降低讨论的冲突性。但是，当转基因技术应用于人类食品并进行商业化推广后，它就不再是一个纯粹的科学技术问题，而扩展成了一个涉及食品安全、经济、政治、生态、伦理等多方面的社会问题，公众舆论对此争议颇多。通过梳理与转基因相关的问题争论，我们认为，将讨论主题限定在转基因作物的推广上比较恰当，可以将主题较好地凝聚在科学的范畴内。因此，我们将讨论主题确定为“推广转基因作物是弊大于利，还是利大于弊”。

主题确定后，首先在课堂上进行第一轮讨论。请学生们自愿发言，阐释自己的观点。一部分学生认为转基因作物可增加作物的抗性，有效防止病虫害，大大减少化学杀虫剂的使用，降低生产成本，减少环境污染，保护生态多样性，同时也改善了作物的性能，满足人们对优质高产农产品的需求，因此应该推广；而另一部分学生则认为转基因作物违背自然规律创造物种，会影响自然界的生态平衡，且转基因食品存在安全隐患，因此不应该推广。更有学生质疑，既然转基因食品是安全的，为什么国家还要专门成立机构对转基因作物进行检测和监管呢？

在此初步讨论过程中，我们发现，虽然学生们都积极表明了自己的观点，但绝大多数的发言流于表面，内容肤浅，讨论不深入，交流不通畅。主要原因是学生们提出的很多观点和论据都来自网络，缺乏具体的科学数据的支持。因此，首轮讨论中学生们引用了很多似是而非的证据，没有改变信者恒信、不信者恒不信的局面，致使讨论停留在谁也说服不了谁的阶段。

针对以上情况，我们觉得有必要引导学生对转基因的认识从感性转变为理性，在此基础上进行的讨论才是科学的和有意义的。为增加讨论的激烈程度和学生们的参与度，我们采用辩论方式进行后续的讨论，将学生们按照他们在首轮中表达的观点分成正方（支持推广）和反方（反对推广）两个组，通过自荐或推选确定组长，组织辩论队伍。队伍组织好后，各小组开始查阅文献，整理资料，积极准备第二轮的辩论。我们为每个小组配备了不同的指导老师。

查阅文献，分组辩论

辩论的准备过程是决定辩论是否精彩、成功的关键。学生们在课下准备资料的过程中，指导老师重点帮助学生精炼文献搜索的关键词，指导学生正确使用 PubMed、Web of Science 或 Google Scholar 等数据库进行相关文献的查阅，从中获得支持辩论观点的实例和数据。

对于正方同学，指导老师重点引导学生查询两方面文献：一是了解世界和中国粮食安全面临的严峻挑战，转基因作物在哪些方面有助于解决粮食安全问题，转基因作物的发展史、发展现状及未来的趋势，以及转基因作物食用和环境的安全性等，以论证推广转基因作物的必要性和迫切性。二是了解国际不同组织对转基因食品安全评价的结论，来论证推广转基因作物的科学性和严谨性。同时，我们还要求正方学生查询资料，了解自然界发生的转基因事件，了解转基因育种技术和其他育种技术本质上是一脉相承的，现在种植的农作物大多数都不是天然产生的，主要农作物品种几乎都是人工选育的结果。

对于反方同学，指导老师重点引导学生通过实例论证转基因食品安全风险的复杂性和不确定性，以及转基因食品的商业化对发展中国家的粮食主权构成的潜在威胁，阐释推广转基因作物可能弊大于利。我们推荐学生阅读两篇前后发表的同一个话题的文章：第一篇是 1999 年发表在《自然》(*Nature*)杂志上的文章，此文报道了在实验室条件下，用转基因抗虫玉米花粉喂食美国大斑蝶幼虫，导致部分幼虫死亡的结果。文章一发表就获得了广泛的关注，并引发了转基因作物环境安全性的争论。后来美国政府组织相关大学和研究机构在美国和加拿大进行比较试验，证明此文用于喂食实验的花粉数量远远高于实际可能发生的情况，因此，其结果不能代表真正的田间结果。第二篇文章是 2001 年发表在 PNAS 上的多年多点的田间试验结果，证明转基因抗虫玉米花粉对美国大斑蝶种群的影响微乎其微。由于第一篇文章的影响太大，第二篇文章没有得到媒体和公众同样的关注。因此，直到现在，公众很少知道转基因抗虫玉米花粉对美国大斑蝶种群不存在明显影响。通过比较阅读这两篇文章，学生们学会了用心思考，增强了明辨是非的能力。

为了更好地指导全体学生通过查阅资料学习转基因作物的相关知识，我们为学生列出了学习转基因作物必须明确的一些重要问题。例如：什么是转基因作物？杂交水稻是转基因作物吗？中国转基因作物的种植和进口情况如何？如何证明转基因作物及产品对人和动物无害？转基因种子是不育的吗？我国转基因作物产业化所面临的亟待解决的问题是什么？请学生带着这些问题去查阅文献和进行思考，厘清这些问题的内在联系和包含的条件，从而对转基因作物有一个系统和全面的了解。

经过一周的准备，正反双方进入正式辩论。辩论按照一般辩论的流程分为四个阶段：第一阶段为陈词（包括立论陈词和立证陈词）；第二阶段为盘问；第三阶段为自由辩论；第四阶段为总结陈词。辩论方式有较强的代入感和冲突感，可以最大限度地调动学生们的积极性。我们发现，在这个阶段，学生的讨论水平有了明显提升，正反双方都能够有理有据、理性平和地阐释自己的观点，并且能引经据典，旁征博引。相较于第一轮的初步讨论，在本轮辩论中，学生们引用了大量科学文献和调研报告中的数据、实例来支持自己的观点，并且形成了一定的理论体系，使得整场辩论生动、丰富和理性。

在辩论过程中，指导老师作为平等的参与者，同时也发挥组织和引导作用。指导教师须认真倾听，适时进行引导，排误理正，控制好辩论的节奏和秩序。我们认为，教师的作用主要是鼓励学生提出不同意见，提供多角度思路，使讨论更加深入，而不应该做出过多的总结和归纳，以免限制或干扰学生的思维和论述。辩论会结束后，指导老师通过文献的梳理，总结大家的观点，得出了大家都信服的结论。

基地参观和总结

辩论结束后，为了更贴近现实，加深感性认识，我们组织全体学生到上海交大生物转基因科普教育基地和上海交通大学转基因生物分子特征验证测试中心进行参观，通过科普员的介绍和实地观察各种转基因实验水稻的形态特征，进一步印证和强化了讨论和辩论环节获得的有关转基因作物的知识。同时，也让学生明白，尽管通过国际或各国安全评价的转基因作物对环境和人类健康不存在负面影响，但因为转基因生物风险是世界范围热议的焦点，为了应对转基因技术存在的潜在风险，回应公众关注，保护国际贸易，保障消费者知情权，各国政府必须加强对转基因作物的安全监管，确保环境、动植物和人类的可持续性发展。

参观结束后，我们为学生们布置了本次讨论课的作业：撰写一篇 800 字的小论文，总结对推广转基因作物的看法。通过撰写小论文，进一步督促学生梳理和归纳自己对转基因作物的认知和思考。在写作指导中，注重引导学生正确运用专业术语和科学语言，论证科学，逻辑强，重要的论据标明出处；鼓励学生畅所欲言，各抒己见，勇于提出新的想法和观点。

以上就是我们针对转基因讨论教学提出的“三轮讨论教学法”，这样的一套方法，充分发挥了学生在教学过程中的主体地位，层层递进，使其获得的知识逐步结构化和系统化。这种方式不仅培养了学生的自学能力，更锻炼了他们的独立思辨能力、语言表达能力和团结协作能力，使得课堂“形”散而“神”不散，取得了事半功倍的效果。

（2020 年 5 月 4 日转载）

咫尺匠心责任担

孟子曰："人之有道也。"生活需要规律，当老师也需要遵循一定的规则。尽管乔中东教授当了一辈子的老师，但他在上课之前仍然战战兢兢，如履薄冰。他认为课堂上要讲究仪式感，要把控好教学秩序，还支持"导师是研究生学位论文的第一责任人"这一观点。

梦　课

今天是开学后的第一个星期一。一如往常，我到办公室后，沏好茶，烧好咖啡，在电脑前继续熟悉我的课件。今天十点有我这个学期的第一节课。大约九点半，学院教务办的刘老师打来电话提醒我说："乔老师，您十点有课。"我说："谢谢，我正准备往U盘里拷贝PPT呢！"

刚放下她的电话，就有销售给我来电话，说我订的抗体缺货，要晚到三周，问我是否还订，我回复要订。然后我跑到学生办公室，告诉学生需要重新处理小鼠，现在的小鼠继续用于做其他实验。说完就到了楼下，开车去教室。教学楼下，自行车排得满满的，停车场也快没车位了，好不容易才找到一个空位泊好车。进入教室，已经有学生先到了。我和同学们聊天，问他们假期生活怎么样。等学生们到得差不多了，我这才发现没有带U盘！一看表，离上课只有两分钟了，心里着急万分！教了一辈子书，没想到快退休了，还要出个教学事故！赶紧派一个男生去我办公室拷贝课件，告诉他我的U盘就在电脑上插着。这个学生向同学借了一辆自行车就匆忙地赶过去了。

这时，前排一个女同学悄悄地对我说："老师，你怎么光着脚站在地上呀?”我心里很是奇怪,我啥时候脱了鞋?今天竟然还没有穿袜子?赶紧找个椅子穿好鞋,光脚穿鞋不舒服就不舒服吧!

此刻突然想起,昨天曾给我的邮箱发了一份今天上课要用的 PPT。于是,我跑到电脑前,正要打开电脑,听见有人敲门。老婆在旁边说:“来了?”原来是打扫卫生的阿姨来了。

我这才醒了过来。今天是星期天,明天才开始上课。刚才六点钟醒了一下,老婆说今天是周末,还可以再睡一会儿,于是我翻个身就睡着了,做了这场梦。

不行,今天一定要把课件拷到 U 盘里,放到包里!

这正是:“春寒料峭夜还长,一席春梦见曙光,大梦惊醒熟睡人,赤脚彰显教授忙!”

(写于 2017 年 2 月 19 日)

我们都准备好了！

2月4日，离开学还有20天，学院教务办的谭老师建了一个新的微信群，说是要开展网上教学。虽然从新闻中我已经听到了“停课不停学”的新闻，但是没有想到这么快就要实施了。

上课我一点儿也不怵，毕竟教了一辈子书了，但是网络上课，对我来说却是新鲜事物。虽然过去上课的时候，学校也给我们录过像，还把我们的教学录像放到了网上，但那毕竟是课堂教学，面对着学生，和学生有很好的互动。现在让我们面对着电脑给学生们上课，也不知道学生们的反应怎么样？学生们是不是听懂了？怎样调动学生们学习的积极性？教学效果怎么评判？这些都是问题。

学院的微信群很快就热闹了起来，大家都在询问怎样才能上好网课。老师们的担心很快就有了解决方案。在学院党委的统一安排下，很快成立了学院的“在线课程管理与服务工作小组”“研究生教育工作小组”和“在线课程质量保障工作组”。他们出台了很多措施和办法，给任课教师们配备助教，帮助老师和助教们熟悉软件和教学模式。学院教务办的谭老师身体不好，但是他工作非常认真，我们在微信群里或者邮件中，经常收到他半夜发来的各种信息。

2月8日，学校的教务处、研究生院和教学发展中心开始对老师们进行培训。我原以为交大的教授们都是高手，应该没有什么人参加这样的培训，谁知道，从开始的慕课平台、如何录屏、如何配音的介绍，到格式工厂、视频剪辑等软件的使用，到最后的 zoom 直播、canvas 平台的使用，场场爆满，必须提前到才能进得去会场。要知道，这些培训都是500人的大团呀！刚开始的一场培训，研究生院院长提前10分钟就到了，结果还是被堵在了门外。可能是有其他工作人员出去了，才让他有机会进入会场。每次培训结束，学员们都会自愿加入微信群，我好不容易才挤进第五个教育技术微信群。

现在上网课需要通过 zoom 平台，所有的教学文件都要上传到 canvas 平台供学生们使用。为了能掌握这些新的手段，我和爱人两个花甲老人开始参加学校组织的每一次培训，认真观摩每一次试讲。我爱人比我认真，每一次都做了笔记，遇到不明白的还要提问。下课以后，我们俩就在 canvas 和 zoom 平台中练习。尽管这样，还是有一些不会的。于是，我把教学发展中心的老师加为好友，打开视频请他们手把手地教我。为了试讲的时候不出现意外，我们在 zoom 中申请了几次教室，让我的研究生们进来参与我们的练习。这个时候我们才发现，往常很快的网速经常卡顿，甚至断网。幸亏有电院的孟教授和谭老师的认真指导，我们终于可以通过网线，而不是无线入网了。尽管这样，网络仍然时不时地出现故障，我只好报修。电信公司也很给力，第二天上午就上门给我们升级了软件，更新了光缆。

谁知道，他走后不久，白天的网络还是经常出现问题。为了保证上课时不断网，学院给我和爱人申请了智慧教室，这样我们就可以在学校的教室里给学生们上课，不用再担心网络不稳了。

学校还组织了很多的试讲和示范教学活动，这些活动都是在学校教务处和研究生院的统一安排下进行的。让我意外的是，林校长和分管本科生和研究生教学的两个副校长也全程参加了培训。这些示范教学活动给了我们很大的帮助。我和爱人认真听他们讲课，学习这些老师们的授课技巧，认真听取现场专家们的点评，仔细揣摩，反复推敲，寻找哪些问题是我们上课时应该避免的，哪些是我们应该发扬的……

课余时间，我们认真做课件，我和爱人经常交流，互相点评对方新课件中存在的问题。学校教学发展中心、教务处和研究生院也时不时地给大家推送很多公众号，指导老师们进行网络教学。通过这些学习，我们终于觉得有些底气了。

2 月 24 日，星期一的第一节课，我终于走进了智慧教室，和我的学生们通过网络真实地演练了一把。由于是第一次，操作还不是很熟练，心中还揣着忐忑。学校早考虑到像我这样的“菜鸟”会有什么困难，专门培训了一批寒假没有回家的学生作为志愿者。在志愿者的帮助下，我顺利地完成了第一次演练，学院的专家们对我的演练也进行了点评。作为学校的教学督导，我也全程听了很多老师的演练，老师们都很认真，讲课水平远远超出了我的预估，从这些老师们的课堂中，我又学到了很多。26 日，我又进行了另一门课的演练，这次我就比较熟练了。

3 月 1 日是正式开始网络授课的第一天。下午 2 点，学校将开讲本学期的第一课，由姜书记主讲，他同时也将吹响“停课不停学”的冲锋号。

“停课不停学”的冲锋号就要吹响了，我们还在认真地修改着我们的课件，让它更适合网络教学。

“停课不停学”的冲锋号就要吹响了，我们摩拳擦掌，一定要交出一份完美的答卷！

“停课不停学”的冲锋号就要吹响了，我们都准备好了，一定不负教师的使命！

（写于 2020 年 2 月 29 日）

第一次在网络上讲课

今天是星期一，也是这个学期开学后第一次给学生们上课的日子，更是我有生以来第一次通过网络直播的方式给学生们上课的日子。

半夜在床上翻了个身就醒了，看看表才3点多。闭上眼想接着睡吧，但脑海里全是今天上课的内容，我想干脆起床再看看PPT去。刚坐起来，妻子在旁边说："你干啥去？"我说去看看课件。她马上生气地说："半夜三更的，快睡觉吧！"我只好又躺下，但仍然没有睡意，于是打开学习强国完成当天的学习。光线从窗帘的缝隙中照射进来，我看了一眼手表——其实不是真正的手表，我的手表2月28日突然停了，等我发现的时候，已经是3月1日了。幸好健康手环有计时功能——显示才5点40分。我想还早，再赖一会儿吧！这时，妻子在卧室外喊我，让我快起床，说快7点了。原来我的健康手环时间也慢了一个小时。我赶紧穿衣、洗漱，早餐已经摆在了餐桌上。匆忙吃完早餐后，在包里摸了一下，看见U盘还在，其实昨晚睡觉时我就确定过了。

出门进了电梯才发现没带手机，只好又乘电梯上了楼。手机现在太重要了。根据学校的规定，进学校前的前一天中午12点之前，必须在网上申请进校手续，得到确认以后才能和工作证一起作为入校凭据。昨天上午，我已经申请了入校手续，快12点的时候，我问双君院长为啥还不给我短消息，他回信说12点以后才有批准权限。而且手机里还记录着我上课的各种信息和密码，如果不带手机，我就得通过 E-mail 查询。

马路上的车显然比前几天多了很多，但也没有达到拥挤的程度。7点38分，我到了思源门。保安看了我的短信，让我出示了工作证，测量了体温以后就放行了。

我一口气就开到了教学楼门口，抬头一看是下院，赶紧又掉头回到了中院。停好车一看7点42分了，楼前已经停满了车，看来其他老师比我积极多了。

3月2日早晨7点40分，教学楼前已经停满了车

打好开水后，进到四楼的教室，教育技术中心的老师已经在等我了。我把U盘插到电脑里，进入了会议室。这个时候，很多学生已经上线了。刚做好上课的准备，就看见林校长在学校教育技术中心沈宏兴主任的陪同下来到智慧教室。林校长一大早就来了，挨个教室巡视检查。他看见我就说："乔老师，听说你们夫妻俩比翼双飞，每天在家里认真备课啊？"我回复道："是呀。"他又问我："这些程序你以前用过吗？"我说："没有。因为快退休了，以为用不到了，没想到这次不得不再学习一下。"他笑着说："停课不停教、不停学，你这老教授又多了一门主持人的手艺。"我回答说："不止一门，我们这次学会了很多，包括PPT配音、视频剪辑、格式工厂什么的，会了很多新东西。"林校长接着又鼓励了我几句，就去了下一个教室。

林校长到智慧教室鼓励任课教师

7点59分，我在共享屏幕中打了上课铃，然后就开始给同学们讲课。由于看不见同学们的表情，讲完一个内容我就提问一次，第一节课快结束的时候，还组织同学们进行了讨论。课间休息的时候，组织同学们做了一遍广播体操。很快第二节课下课的铃声响了，我的课也结束了。

回家的路上，沈主任给我发来了巡视时林校长和我在一起的照片，我随手转发到了课程的群里。有学生问我："乔老师，为啥您不戴口罩?"其实，主要是我要上课了，处于讲课的状态，所以没有戴口罩。

回到家里，细细琢磨着今天上课的整个过程。总体感觉还不错，虽然看不见学生的面孔，但是能感觉到学生们都在认真听讲，提的问题，同学们也都能正确回答。他们在家里、在网络上仍然在认真学习着。虽然几个问题的设计还不是很流畅，时间的分配也不是非常好，但总体上感觉还不错。

周三，我还有另外一门课，到时候我一定要汲取今天的经验教训，努力把课讲得更好，一定要让学生们在家里也能受到在学校一样的教育和训练，圆满完成好这次"停课不停学"的任务。

（写于2020年3月2日）

上课要有仪式感

我写的散文《梦课》，在博客发表后，引来很多老师的共鸣，大家都说有过类似的经历。

产生这样的错觉或者梦境，其实是有渊源的。上海交大的教室分为东区、西区，每个区又有上、中、下三院，其实就是 6 栋不同的教室楼群。你要不注意，经常会把教室混淆。我上课一般会到得比较早。记得十几年前，开学以后的第二周，那天第一节我有课，很清楚地记得是在东中院 3 号楼 2 层，但是我忘记是 2 层的哪一间教室了。好在教学系统中有，于是我跑到一个没人的教室，在电脑里查到了教室，这才不至于放了学生们的鸽子。这之后，在开学之前，我就会在打印好的点名表上，把上课时间和教室用红笔标上。离开家之前，一定要拿出点名表先确定上课时间和方位，这才保证了我迄今没有出现过一次教学事故。

权以为，作为一名人民教师，上课不能仅仅局限于不迟到，不走错教室，还要有仪式感。所谓“仪式感”，就是作为一名人民教师对职业的忠诚，对学生的热爱，对讲台的敬畏，对教学内容的熟悉。

“教师”这一职业，有人说如同燃烧的蜡烛，点亮了自己，照亮了学生。作为教师，我们用自己的毕生心血，培养了一批又一批的国家栋梁。从学生们身上，我们看到了我们的理想、我们的信念、我们的延续。习近平总书记在2018年9月10日的全国教育工作大会上说：“教师是人类灵魂的工程师，是人类文明的传承者，承载着传播知识、传播思想、传播真理，塑造灵魂、塑造生命、塑造人的工作。”在这里，总书记对教师的职责做了明确的定义，三个“传播”是教书，三个“塑造”是育人，教书和育人缺一不可。

我们经常要求学生端正学习态度，其实我们作为教师的，也应该端正教书的态度。作为学校的教学督导，我每个学期要听很多老师的课，发现绝大多数的老师上课都非常认真。教师是学生的榜样，教师对自己所教学的内容都不重视，学生能重视吗？教师课堂上所讲授的内容，应该是他们研究的成果和结晶。如果老师自己都觉得不重要，学生能觉得重要吗？因此，我以为当教师的首先应该喜欢自己的工作，忠诚于自己的教育事业，这样才能成为一个学生满意的好老师。

还有就是仪表问题。我上学的时候，物质还不是很丰富，老师们也没有很多漂亮衣服。但是，每次上课老师都会梳理得整整齐齐，一脸阳光地站在讲台上。我在德国留学的时候，我的导师文德利希教授有一把非常漂亮的胡子。每次上课前，他总要戴上平时不戴的领结或领带，衬衣袖口的扣子都会系好。到教室之前，还会从口袋里掏出一把小梳子，把他的胡子梳理整齐。有了文德利希教授这个榜样，我回国以后，就把牛仔裤收了起来，偶然外出旅游的时候穿一下。T 恤也只有周末偶尔穿穿。我每天换一件洗净并且熨得整整齐齐的衬衣。虽然我们不一定穿名牌，不一定天天打领带，但是我们应该整洁清爽。

我认识的老师当中，课讲得最好的应该是王一飞教授了。老先生声若洪钟，条理清晰，一头白发一丝不乱，台上一站就令人景仰。关于仪表的问题，我也和一些同事聊过。外国语学院的李老师说，只要第二天有课，在睡觉前，她就一定会想好要穿什么衣服，准备好才能睡安稳。她告诉我说，一想到要面对的一双双渴望获得知识的眼睛，她就有一种责任感。这其实应该是我们这些老师应有的模样。如果我们都能够像李老师一样，将上课作为一种仪式来对待，学生们能不重视所要学的知识吗？

上课要讲授的内容也应该熟记于心，这就需要我们认真地备课。认真备课，也应该是上课这门仪式中最重要的一个环节。只有认真备课了，课才能讲好，学生也才能喜欢。我记得中山大学有一位国家级教学名师，如果他第二天有课，就一定会谢绝所有其他活动，把自己锁进书房，一门心思地构思第二天的讲课内容。这样的老师才对得起"教学名师"这个称号。现在大家都用 PPT 了，有了 PPT，并不是不用进行教学法的研究了，备课其实也应该有教学法的内容。记得我们交大有位名教授，上课的时候用两支粉笔，当漂亮的粉笔字写满黑板的时候，就是两节课结束的时候。这样的课，教师心中若没有整体的谋划，哪里能够做到？只有这样的课，学生才能永远铭记在心；只有这样的老师，才能赢得学生们的尊重。

我们讲课还要特别注意受众对象，对讲台要有敬畏感。哪些内容必须讲，哪些内容不适合在这堂课上讲，都应该有所思考。大学教师与中小学教师最大的不同就是，大学教师除了教学以外，还要从事科学研究。因此，在讲课的时候，除了教学大纲里的知识点以外，还应该介绍本领域的研究进展、自己的研究成果和体会。但是，我们应该将给本科学生讲课的内容与给研究生讲课的内容区别开来，将低年级本科生与高年级本科生区别开来，将讲课与做学术报告分别开来，杜绝不管不顾地仅讲授自己熟悉的内容。

教育部部长陈宝生曾在 2018—2022 年教育部高等学校教学指导委员会成立会议上强调："我再次重申，高校教师不管名气多大、荣誉多高，老师是第一身份，教书是第一工作，上课是第一责任。"我们现在的考核体系造就了大学教授过分关注科研而轻视教学的现象。很多教授不愿意给学生上课，甚至出现老师出国参加学术会议，让助教给学生放教学视频的事情。尽管教育部规定每个教授每学期至少要上 32 学时的课，但是仍然有教授仅仅将上课作为完成考核工作量的一项工作，根本没有在内心认同教师教好课才是第一责任。

大学教师不好当。只有对上课有了仪式感，才会有使命感，才会心存敬畏，才能认真对待课堂，学生们也才会喜欢你，喜欢你讲的课；只有对上课有了仪式感，才会不仅将教书当成养家糊口的职业，还会将其当作终生奋斗的事业，只有这样，才能无愧于"教师"这个神圣的称号。

（写于 2018 年 11 月 4 日）

如何把控课堂秩序

开学了，听说某大学开始启用人脸识别系统进行课堂秩序的管理。

我不想否认，这样的管理系统肯定能看见学生的一举一动，学生上课时玩手机、睡觉，后台人员也可能比任课教师发现得还要及时。但是，后台发现了怎么办？你能把学生喊醒？还是要中断教学过程呢？还是在事后对学生进行批评教育呢？因此，这样的技术手段很难达到维持课堂秩序的目的。

我个人以为，课堂教学秩序还是得由任课教师来把控。

我曾经听过一位老师的课。我认为他的课讲得非常好，眉飞色舞、手舞足蹈的，很有吸引力，板书也很清楚。可能因为是选修课的缘故吧，坐在前几排的学生听得很认真，但是也有个别坐在后排的学生不知道在干什么。这不？有个女生孤零零地坐在最后一排，戴着耳机，电脑里放着电影，却又不知道在做着什么作业。

下课后，我将情况反映给任课老师。老师说，他没有注意到底下学生的反应。后来我又去听这位老师的课，结果一打铃老师就开始点名，但课堂秩序并没有因为点名而好多少。这样的课对于那些不想学但选了的学生又有什么帮助呢?

我曾经问过一些学生:“老师讲得这么好,为啥不认真听讲?”学生回复说:“听课性价比不高,因为最后一节课时听老师指点一下重点,回去再背一背就一定能及格。上这些非必修课的时候,为啥不读一读专业文献,做一做其他课程的作业呢?”看来考试太容易,也是学生们不认真听讲的一个原因。

有的任课教师为了提高学生的参与度,给学生出了一些思考题,或者安排一些文献,让学生自己讲。我在给研究生讲课的时候也这样做,但是在实践过程中我发现,多数的情况是,台上的同学准备得非常充分,讲得也都非常精彩,教师的点评也非常到位,但是台下的听众基本都捧着电脑和手机,干啥的都有,就是没有人听讲。

尽管有些学生觉得选修课不重要,但是学生既然选了这门课,为了提高学生对课堂知识的理解和掌握,为了让学生们在课堂上有所收获,任课教师就要对课堂教学秩序有所把控,这样才能发挥教师和学生的主动性,提高学生的学习效率,达到引领学生探究科学知识的目的。

那么,任课教师怎样才能有效地把控课堂教学秩序呢?

首先,要认真备好每一节课。除了熟悉所有的教学内容以外,还要精心制作每一个教学课件,清楚哪些内容是要学生掌握的,哪些内容是要学生熟悉的,哪些内容是应该让学生了解的。在这个基础上,还应该在讲课的过程中设计一些提问环节,这样讲课的过程就不会只是干巴巴地灌输知识内容了,就能和学生有良好的互动。

其次，要加强学生学习目的的教育。学生们能读大学不容易，但是在学生中存在着一些错误的理解和认识。例如：上了大学就轻松了，都能轻松毕业；我缴了学费就是来享受优质教育资源的；等等。面对学生中这样的一些错误认识，当教师的就应该旗帜鲜明地引导他们树立正确的世界观和价值观，端正学习态度。

最后，要加强课堂管理。我上课的时候，也有学生偶尔掏出手机做点儿什么，也有学生打瞌睡。对于这样的学生，我们需要分别看待。首先，我们应该从自己身上找原因，是不是自己讲课不够生动？发现有同学注意力不集中的时候，是不是应该讲一些与教学内容相关的故事，把学生们的注意力吸引回来？是不是可以通过提问，提醒他们要认真听讲？对于打瞌睡的同学，我们也要分别看待。是学生对讲课内容都理解了，还是前一天晚上打游戏太晚？只有了解了学生的实际情况，才能从根本上提高学生听课的效率。

在教学过程中，我还发现，课堂上学生面前的电脑所展示的内容，很少与课堂教学有关。除了前面提到的学生上课看电影、做作业外，我还见过有人网购、聊天等。因此，在教学过程中，我强烈建议学生们上课不使用电脑。当然，随着电子科技的发展，有学生用平板电脑记笔记，这是鼓励的。但我还是建议学生们做纸质笔记，并将课堂笔记作为平时成绩的依据之一。学生们在演讲过程中，应该要求不演讲的学生记录演讲的要点，并对讲授内容进行评价。这些记录和评价随堂收取，并记入平时成绩。

做这些课堂管理工作，特别是增加很多平时成绩的管理，一定会给任课教师增加很多额外的工作量。因此，我还建议管理部门控制听课学生的人数，配备足够数量的助教，帮助任课教师评判作业，维持教学秩序，以减轻任课教师的工作，提高任课教师把握课堂教学秩序的积极性。

虽然大学的学生们应该已经具备独立学习和思考的能力了，但是个别的学生还是需要管理的，他们的心智还没有发展到成年人的水平。因此，我更期望，通过对教学过程的把控，让每一个受教育者能够真正学习到应该掌握的知识，增强他们认识问题、辨别是非的能力，让他们通过四年的大学学习，能够真正地成长起来，为将来立德、立言、立功奠定基础。

（写于2019年9月5日）

我为什么每次上课都让学生签到？

我上课的时候习惯让学生签到。

最初，只是想通过签到认识每一个学生。刚开始给学生上课的时候，我会很轻松地记住每一个学生的名字；但是越往后，感觉认识每一个学生并不是一件很容易的事情。我带的课每周可以见到学生两次，课后和这些本科生基本没有什么交流。还有就是年复一年新面孔的增加，更增添了这件事情的难度。

后来，让学生签到，我又有了新的理由。交大的学生中流传着这样一句话："没有翘过课就等于没有上过大学。"开始的时候，我认为学生翘课是因为老师课讲得不好，没有激发起学生们听课的兴趣，但是后来我发现那些经常翘课的学生，成绩都不好。他们不仅仅翘我的课，也翘其他老师的课。他们翘课的结果就是成绩单上大面积的不及格。

真正让我对学生翘课产生警惕，是在 2004 年春节过后。学校该开学了，有个老师对我说，他有一个朋友的孩子在交大某个学院读大二，结果上一个学期 17 门课仅仅考了 8 门，其中还有 5 门不及格，剩下的课他连考试都没参加。别人过年欢天喜地，他朋友家却一片愁云。因为学校已经通知了家长，要让孩子退学。

从偏远的地方考到上海交通大学，无论什么专业，对于孩子和家长来说都是一件非常荣耀的事情，而这样的孩子因为学习跟不上而被要求退学，则是一件让人匪夷所思的事情。每一个考入交大的学生，都曾经是学校乃至县里、市里甚至省里尖子生中的尖子，都智力超群，可是他们还是因为学习跟不上而被要求退学，这是为什么呢？

其中缘由，我也曾深入思考过。我们国家的基础教育体制或教育目标是以考上大学、考上著名大学为目的的。很多孩子们从幼儿园开始，就接受了父母和老师的灌输“考上大学就好了”。为了这个目标，很多学校和家长给学生布置了大量的习题。在巨大的压力之下，学生们都成了解题的工具，个性和爱好都被屏蔽掉了。上了大学以后，大学生的管理以自我为主，孩子们一下子没有了人管，方向在哪里也找不到了。很多学生在度过了最初的迷茫期之后，看准了方向，给自己定下了新的目标，这些学生仍然保持着旺盛的求知欲望，刻苦着、努力着。但是，不可避免地有个别学生，迷茫的时间长了一些，等他醒悟过来时，已经过了一个学期、两个学期。这时候的他，已经有好几门功课挂起来了。假如这个时候，他能够奋起直追的话，或者有人能够让他们醍醐灌顶的话，还是完全有能力摆脱困境，顺利完成学业的。然而，总是有个别学生，自暴自弃，对自己放任自流，我同事朋友的孩子就是这种情况。

家长着急，孩子也很难过，其实当老师的心里也一定不好受。面对满脸愁云的家长，我问他们准备怎么办。家长告诉我，想给孩子办一个因心理疾病休学的手续，然后让孩子调整一下心态，一个学期后孩子的妈妈提前退休来上海陪读。根据学校的相关规定，这个学生所在的学院给这个学生办理了休学手续。暑假后，孩子的妈妈在学校附近租了一间房，和儿子一起来上海交大读书了。又过了一年，快到放假的时候，孩子的妈妈突然给我打电话，说孩子考得又不好，希望我能帮忙跟任课老师打个招呼。我尽管认识这些任课老师，但是这样的忙是不能帮的。后来，我通过侧面打听才知道，这个学生又经常翘课！我实在不明白，妈妈提前退休来陪读竟然不知道孩子没有去上课？

大约到了那一年的年底，有天早晨，我刚到办公室，这个孩子的妈妈又给我打电话，带着哭腔告诉我，小孩的爸爸昨晚因为车祸去世了，请我帮孩子请个假，我答应了。后来，我在校园里又遇到这个学生，长得人高马大的，待人接物彬彬有礼。我对他说，假如你来交大以后，让你父母省心的话，你妈妈也不会来上海陪你，你爸爸可能也不会出事。你是一个男子汉，要承担起家庭的责任了。我问他毕业以后有什么打算，他说先工作。

对于这样的学生，假如任课老师能够及时发现他们的问题，及时予以指导的话，是否能让他们少走一些弯路呢？

因此，我现在让学生签到，就不仅仅是认识他们这么简单了。签到对于好的学生，就是一个过程，是我认识他们的过程；对于那些有这样、那样问题的学生，则可以起到监督的作用。

当发现某个学生经常不来上课的时候，我会通过各种渠道和学生取得联系，和他们谈话，让他们来上课，而不是宅在宿舍里玩游戏、睡懒觉。

其实，上课是每一个学生应尽的义务。

（写于 2012 年 10 月 20 日）

我为什么要让博士生上课记笔记？

2006年，我从交大医学院调入生命科学技术学院。刚来的时候，正好有位老教授退休，他主讲的一门为全校非生命学科方向的博士生开设的公共选修课“生物学引论”就交到了我手上。

老先生是上海市教学名师，科研、教学都很有一套。这门课程的目的就是为学科交叉或者交叉研究提供一定的基础知识。根据老先生的安排，这门课邀请了上海交通大学生农医药各个学院的著名专家学者为这些博士研究生上课，主要讲授生命科学领域自己的研究成果和心得。如果还有时间，也会安排学生们讲讲如何在自己的研究领域里研究生命现象。考试也比较简单，大家根据自己在课堂上学到的内容写一份学习体会，包括对本门课程有什么想法和要求。当然，写自己在研究过程中所发现的生命现象得分会更高一些。

这样一门选修课，其初衷就是为了普及一下学生的生物学知识，面对的对象是博士研究生，考勤也不是非常严格。虽然有签到，但我不可能每次都到场，即使到场，也有学生当着我的面签到后转身离开的。我以为，学生们通过听这些“大腕”们深入浅出地讲解他们各自的研究工作，一定会学到不少东西。都博士生了，还像小学生一样管着，多没有意思。

但是，后面的事情完全出乎我的意料！过了两三年，我在给学生们评分的时候，突然发现了一个很严重的问题——有学生作弊！有一个学生交来的作业（其实是考卷），内容竟然是去年的！更有甚者，有个学生交给我一篇研究论文，标题下面写着学院名称、学生姓名和学号，可英文摘要的署名竟然是第二军医大学长海医院的几个医生。

面对这样的作业，我的心情久久不能平静。我打电话把这两个学生找来，问他们是怎么回事。一开始，第一个学生还狡辩，他以为我没听课就不知道老师讲了些什么。但当我指出今年某某教授讲的内容是什么，去年讲的内容是什么后，他哑口无言了。我让他写书面检查，等待学校处理。而那个盗用别人论文的学生，一开始也是死不认账，坚持说是他自己在导师的指导下做的研究工作。其实这个学生并不知道我有多么确凿的证据，所以想百般抵赖。当我把那篇论文拿给他看时，他马上就直冒冷汗，面色苍白，语无伦次，再也不敢抵赖了。他告诉我说，因为科研工作忙，他都没有来上课，平时的签到都是同学帮忙签的。我问清楚了是谁帮他签的到，让他留下了证明材料，还让他回去写检查，并且请他导师联系我。

这次考试作弊的事情，我汇报给了学校研究生院负责教学的领导，这几个学生分别受到了应有的惩处。可是我还是对这件事耿耿于怀，久久不能放下。我甚至向学院提出，不再承担这门课程了。因为我仅仅讲几讲，绝大多数的时间都是联系老师、安排教学，这样的工作其实谁都可以做，但是学院领导并没有同意我的建议，我只好继续做下去。

假如以后还有学生作弊，我该怎么办？我和其他教授商量后，采取了一个改革方案，那就是让学生做课堂笔记。考试也不考了，签到实际也不需要了，成绩就按照课堂笔记给。几年下来，上课的老师跟我讲，乔教授这个班的学生听课非常认真，非常爱学习，没有打瞌睡的，上课的时候大家都在认真做笔记……

我听着老师们对学生们的赞扬，心里偷着乐。不过，话说回来，只有这样学生们才能真正从给他们上课的院士、长江学者那里学到应该学到的知识，选修课也才有意义！如果不严格要求，个别博士研究生一样会逃课，一样会放纵自己！

博士研究生们，你们应该对得起“博士”这个称号！

（写于2012年10月27日）

谁该为研究生学位论文负更多责任?

有一次在外校参加研究生学位论文答辩会,厚厚的一个本子,洋洋洒洒十几万字,但就是没有看出来论文的中心思想和各个章节的逻辑关系。讨论的时候,兄弟院校的一个教授说,他们学校明确规定研究生导师是研究生学位论文的第一责任人,他觉得导师负责任是应该的,但是为什么是第一责任呢?导师总不能替学生写论文吧?

那么,到底谁应该是研究生学位论文的第一责任人呢?

我觉得导师确确实实应该是研究生学位论文的第一责任人。这是因为研究生的学位论文无论是选题方向和研究方案的制订,研究过程的具体指导,结果的分析和判断,研究成果的发表,还是论文的规划和修改,导师都倾注了巨大的心血。在整个培养过程中,导师的地位无人可以替代,因此,在研究生的学位论文上,导师要负更多的责任,或者说是第一责任。我硕士毕业的时候,计算机功能还没有现在这么强大,我的导师路应连教授给我修改了六遍论文,每一次我都得在稿纸上工工整整地抄写一遍。我写博士论文的时候是用的德语,我现在还记得1991年的12月31日，文德利希教授在他的办公室帮我修改论文的场景。导师们是这样对待我们的，我们有什么理由不对自己的学生负责任呢？导师如果对研究生论文不重视，学生能重视吗？所以说导师应该是研究生学位论文的第一责任人。

那么，研究生应该对学位论文负什么责任呢？我觉得研究生应该对自己的论文负具体责任。首先，研究生应该明白，研究生期间所做的工作，是为了增长自己的见识，而不仅仅是为了完成老师的课题。有一次在校车上，听见两个研究生在议论，假如没有我们研究生，导师的课题谁来完成？其实这些学生没有理解其中的内涵。帮老师做课题，也是给自己做论文，这是一个双赢的过程。研究生帮导师完成了课题，从中学会了怎么做科研。通过完成课题还获得了相应的学识，得到了锻炼，增长了才干，所以说完成导师的课题也是为了研究生自己。其次，研究生的学位论文是自己获得相应学位的依据。明审专家和盲审专家不知道你具体怎么做的工作，只能凭你的这篇论文决定你的命运。答辩委员会的专家们，除了听你介绍自己的工作以外，最重要的依据也是这篇学位论文。最后，研究生的学位论文，应该是在导师的具体指导下，研究生根据自己的研究结果进行的总结。语言描述是否准确，各章节之间的逻辑是否合理，这些问题研究生自己都应该负具体的责任，不能把指导老师的建议当成耳旁风。所以说，研究生个人应该对自己的学位论文负起直接的、具体的责任来。

就我所知，上海交通大学一直都非常注重研究生培养的过程管理，制订了很多很好的规章制度。很多年以前，就建立了以学科为单位来考核博士、硕士研究生的培养制度，研究生的论文开题、年度考核等都是以学科为单位进行的，硕士研究生的学位论文答辩也由所在单位统一安排，这样就避免了因为研究生们与导师关系密切，而对导师的意见不理睬、不重视的问题。但是，在硕士研究生的答辩过程中，学科负责人也注意到，答辩成了答辩委员会和参加答辩学生自己的事情，其他的学生很少出现在答辩会上，前面毕业的研究生出现的问题在后面的研究生中依然存在。有位答辩委员会专家说，他们学校就有导师提出“自己团队发表的论文都非常好，为什么学生的论文答辩没有通过?”无论将来学生们毕业还有没有发表论文这一要求，就现在而言，发表论文只是你获得答辩资格的必要条件，而能不能通过论文答辩，学位论文才是最重要的参考依据。

面对个别导师和研究生忽视学位论文的问题，各学科首先强化了过程管理，对于不合格的论文一律要求修改，并且要求明审专家一定要把论文中存在的问题讲清楚、讲透彻，绝不讲情面，绝不姑息纵容。另外，还要求所有在读研究生一律参加研究生的论文答辩会，听听答辩委员会专家们会提出什么样的问题，自己以后要怎么避免这样的问题。

总之，对研究生的学位论文，我认为导师是第一责任人，研究生自己是直接责任人。在整个答辩过程中，各位评审专家和答辩委员会的成员，无疑都应该负起相应的责任。只有这样研究生的论文才能越来越规范，在答辩会上讨论的论文格式和语法问题才会越来越少，学生答辩的过程才会越来越精彩，论文的质量才会越来越高。

（写于 2019 年 6 月 8 日）

登攀路上再扬鞭

2016年12月7日，习近平总书记在全国高校思想政治工作会议中强调："教师做的是传播知识、传播思想、传播真理的工作，是塑造灵魂、塑造生命、塑造人的工作。教师不能只做传授书本知识的教书匠，而要成为塑造学生品格、品行、品味的'大先生'"。乔中东老师在日常教学工作中，认真履行着一名人民教师的职责，既教书，又育人，努力当好学生们的"大先生"。在学生们离开学校之际，他还寄语学生们看远、看宽、看淡，做一个对自己负责、对家庭有用、为国家建功的人才。

博士研究生毕业时应该具备的能力

我在评阅博士研究生的论文，或者写答辩评语的时候，总是要比硕士研究生的多写一句话，即“该生已具备了独立从事科学研究的能力”。这一句话在硕士研究生的论文评阅或者答辩决议中是不会出现的。

那么，怎样的博士研究生才具备独立从事科学研究的能力呢？

首先，博士研究生应具备提出问题的能力。自主创造力是创作的源泉和动力。若想提出新颖的科学问题，就必须大量地阅读文献。一个人的科研要做得好，具有创新性，就必须有独特的视角，有独特的想象力；而独特的想象力和独特的视角绝对不能靠做梦，而是应该建立在大量阅读文献的基础上。著名物理学家牛顿曾经说过：“如果说我比别人看得更远些，那是因为我站在了巨人的肩上。”只有掌握了坚实的基础知识，才能理解本学科的最新研究进展和成果的实际应用价值，才能更广、更深地将日益增加的专业知识融会贯通，并站在更高的角度去理解和运用所学到的知识，才能知道所在的研究领域里还存在哪些问题，解决这些问题的过程中存在哪些困难。只有掌握了坚实的理论基础，才能站在巨人的肩膀上，登高望远，提出自己独到的科学见解。在理解了前人研究成果的基础上，能够从中找到研究的不足，独辟蹊径，提出自己的科学假说，这也就是所谓的具有了创新能力和批判性思维的能力。

其次，博士研究生还应具有分析问题和解决问题的能力。DNA右手双螺旋结构的发明者沃森（Watson）和克里克（Crick），通过研究其他人有关DNA的研究结果，推想出了DNA右手双螺旋结构理论。这一方面源于他们丰富的想象力，更重要的是他们具有扎实的理论功底。要解决科学问题，还必须具有坚实的实验基础，勤于动脑，精心准备。我的一些博士研究生，总喜欢先把前因后果分析清楚，把实验的细节吃透，这才开始做实验。每次实验，都有相应的结果。与预想的结果一致怎么解释，与预想的结果不一致又该怎么对待，心里要有谱，要有应对方案。只有这样，才能将科学假说变成科学理论。

最后，博士研究生要具有良好的抽象能力和语言表达能力。有些人说自己是茶壶里煮饺子，肚里有货倒不出来，这样的博士研究生是有欠缺的。科学研究是一个费时、费力、费钱的过程，没有经费的支持是不可能长久的。因此，每个独立从事科学研究的工作者，都应该有申请到足够经费的能力。而申请经费就必须会写申请书，能够表达自己的诉求。在研究工作中获得了研究成果，还要将其写成论文，公开发表，看看同行是否认可你的学术成果。参加学术会议时还要将你自己的研究成果介绍给大家。为了在有限的时间里讲清楚，还要精心构思思路，准备素材，做好 PPT。博士毕业的时候，还应该将你的研究成果整理成博士论文，展现给答辩委员会的专家们，得到他们的认可。

此外，当一个人受到了良好的科学素养训练之后，他还应该具备团队作战的能力，清楚自己在团队中的位置。当助手的时候，要和领导搞好关系，和同事搞好关系，和师兄弟们搞好关系；当学术团队带头人（PI）的时候，要知道怎么调动大家的积极性，怎么能够让大家心甘情愿地完成你分配的任务。

总之，当你具备了这些能力的时候，你也就具备了独立从事科学研究的能力，达到了博士研究生毕业的要求。也只有这样，你才能获得与博士学位相应的学术地位，才能胜任将来的研究工作。

（写于 2019 年 4 月 27 日）

学位论文写作是研究生培养过程中最重要的环节

我每年都会审阅很多学位论文，有明审，也有匿名盲审；有博士论文，也有硕士论文。其中，有写得非常好的，也有写得非常糟糕的。我记得最糟糕的一篇博士论文，是有关生物信息学的。当时给我的感觉是："摘要"不知所云，"前言"部分像小说，用了大量的语言描述自己的心路历程，"结果"和"讨论"混在了一起，所有的图和表竟然没有序号，也没有图例说明。这样的论文显然是不能通过的。还有的研究生在写图例说明的时候，喜欢拷贝和粘贴，结果所有的图例说明都是一样的，往往出现图例说明和所解释的图不吻合的情况，这样的论文显然也是不合格的。

我曾经在盲审意见中这样写道："学位论文的写作也是研究生培养的重要一环，这一环节绝对不能缺席。"

我以为，学位论文就是八股文，有着严格的格式要求。

学位论文的正文大致应该分为摘要、前言、材料与方法、结果与讨论、总结与展望、参考文献、发表文章列表和致谢等几个部分。

"摘要"应该简明扼要。需要写清楚为什么要做这个研究,研究的目的和意义是什么;然后再写用什么方法得到了什么结果,说明了什么问题;最后要用几句话总结自己的工作,也就是结论。"前言"需要详细回顾本研究领域中已经得到的研究结果,还存在什么问题。针对这些科学问题,要提出自己将要回答的具体问题。但是有同学写科学问题的时候,竟然写的是文章结论以及对自己论文的评价,这样显然是不对的。第二章写所使用的"材料和方法"。对于理工科的学生,在写材料与方法的时候,一定不要忘记统计学方法,因为没有经过统计学验证的结果是没有说服力的。还有的同学在研究结果中采用了各种方法获得数据,但是在材料与方法中却缺少这些方法,所以写材料与方法的时候,一定要注意认真地将实验结果再读一遍,要把方法写全,不要有漏项。写"结果与讨论"时应先提一下为什么要做这个实验,实验的分组情况如何,采用了什么方法,得到了什么结果,说明了什么问题,还存在什么问题,后一个结果怎么呼应前一个结果,互相之间的关系是什么等。另外,特别要注意图表的自明性。图例说明要说清楚图中的每一个点、每一条带都代表什么意思,千万不能拷贝图例说明。此外,所有的研究生都必须是 PS 高手,也应该是数据挖掘高手。我们使用 Photoshop,不是为了创造和修改结果,而是为了美化我们的结果,让人更容易看懂我们做的工作。我们不应该将裸图,也就是没有修饰过的图放到论文中。一定要在图中注明重要的点、峰、带是什么,有差异的地方要特别标注出来,并且要在图例说明中说明,分子量大小等信息也要在图中有表示,让读者能从图和图例说明中理解作者的意图。讨论的时候，应该先将研究结果做一个简要的概述，然后再对新的结果进行讨论，特别是要与前人的结果进行比较。通过比较，说明你自己的发现有什么重要意义。“总结与展望”应该简明扼要地总结所得出的研究结论，还有什么问题需要进一步研究，也有人会在博士论文的这一章里说明研究的创新点等。

论文写好以后，最好找朋友帮你读一遍，看看他是否能够读懂你在论文中表达的观点。若读不懂，应再进行修改。

另外一个很重要的问题是：写好论文以后，一定要留给导师足够的时间去审阅，导师提出的修改意见要认真地去执行。其实，对于导师而言，自己的研究生就像自己的孩子一样，导致平时批评得多了，他们也就不在乎了，把导师的意见当耳边风。导师对论文提出的修改意见，有的研究生也不愿意改，一来二去的，导师竟然对文章中的错误也熟视无睹了。在这样的情况下，就需要再找一个不相干的教授帮助把把关。往往其他人提的意见，研究生可能还会重视。

还有一个问题是，现在大家都喜欢用鼠标拷贝、粘贴，之后又不对语言进行检查润色，这样的论文前言不搭后语，语句之间没有逻辑关系，读起来不知所云。记得我硕士毕业写论文的时候，还是在稿纸上一笔一画写好以后交给导师，等导师修改好以后，再一笔一画地誊写清楚，这样翻来覆去好几遍。幸亏当时已经有了复印件，我才没有刻蜡版。记得我的博士导师文德利希教授写论文的时候，第一版一定是对着录音机念出来，他的秘书再打印出来，他再根据这个草稿修改……这样几遍以后，论文就具有了鲜明的特色。

曾经有个导师对研究生的学位论文很不满意，让学生拿回去修改，这个学生竟然抱怨说："老师，我的文章早就发表了，你干吗不让我答辩呀！"殊不知，论文发表仅仅是取得答辩的资格，学位论文写得好不好，合格不合格，才是你是否能够获得学位的根本。

又到毕业季了，无论多么痛苦，每一位将要毕业的研究生都认真地完成你学业中的最后一项工作吧！学位论文这本书不会再版，也不会重新修订，但是她会伴随着你的一生。希望等你到了我这个岁数，也可以自豪地将你的学位论文向你的子孙们展示。尽管到那时方法可能已经过时了，所得到的研究结果或许也已经成了常识，但是论文装订是漂亮的，论文中的图表是清晰的，结果是可信的，书写语言是流畅的，讨论是恰当的，这就足矣。

（写于 2019 年 4 月 21 日）

给交大学子推荐的三本书

今年暑假的时候，学校教师工作部的老师邀请我为 2018 级新生推荐三本书。说实话，自从有了网络以后，纸质版的书我读得太少了，一开始很是为荐书这件事发愁。为了圆满完成这项工作，我特意询问了很多朋友和同事在读什么书，还去书店、学校图书馆寻找自己喜欢的书。最后，我找到了一本上海师范大学曹旭教授写的散文集，其他两本则选择了我印象深刻且对我帮助很大的书。

昨天晚上，我看见教师工作部的网上已经把我们推荐的书目发出来了，在此我也斗胆给大家推荐一下，希望你们喜欢。

【推荐书目】

1. 曹旭：《客寮听蝉》，上海人民出版社，2016 年 10 月版。

推荐理由：你终将远行。

无论是别国还是他乡，地名对于你来说可能都很熟悉，但是那里的居民对你却有的友好，有的排斥。且看一位过来人在东瀛做客时偶尔窘迫，经常开心；偶尔面对仇视，经常面对友情；经常孤独，却伴随着对社会时时刻刻的思考。

读完《客寮听蝉》，你不仅能感觉到语言的优美，还能领略到异国他乡的风土人情，更能体会到作者的心路历程。

你终将远行，那时的你或面临困惑，或面临拮据，或面临孤独，但是《客寮听蝉》一定能陪伴你走出困境！

2. [美]詹姆森·D.沃森：《基因·女郎·伽莫夫》，上海科技教育出版社，2004年版（给文科生）

推荐理由：青年人的楷模。

科学家不都是不食人间烟火的，特别是年轻的科学家。

《基因·女郎·伽莫夫》是DNA右手双螺旋结构的发现者詹姆森·D.沃森的自传。学动物学的一个美国青年，大学毕业后听了一场有关DNA的报告，立志要研究DNA的结构。他跨过大西洋，来到了伦敦，遇到了和他有同样志向的克里克。两个人在一起，凭借聪明的大脑，互相切磋，运用别人的数据，在地下室里制作各种实验器具，终于在他25岁的时候获得了生命科学的最高荣誉。这之后，他又回到美国，在寻找工作的同时，邂逅了聪明美丽的伽莫夫，真可谓事业、爱情都结出了完美的硕果。

《基因·女郎·伽莫夫》除介绍了沃森和克里克之间的合作外，还介绍了很多赫赫有名的大人物以及他们的糗事，还有文章发表时为什么沃森在前、克里克排名在后的趣事等。

沃森，青年人的楷模。

这本幽默风趣的自传，说不定能让你弃文从理。

3. 王奕清等编纂，孙通海、王景桐等校点：《钦定词谱》，学苑出版社，2008 年版(给理科生)

推荐理由：理工男也是文化人。

作业完成了吗？实验告一段落了吗？

放下这些专业的事情，捡起《钦定词谱》，玩一玩文字游戏吧！

虽然我们都是理工男，但我们也都是文化人。在平平仄仄中，表达我们真实的感情；在对仗押韵里，光大中华文化的内涵；用格律诗和宋词调调，谱写我们另类的毕业论文。

有人说《钦定词谱》有点儿枯燥，但它是文字游戏的公式，我们每个理工人最喜欢的就是根据公式发挥我们的才智，创造新的规则。

最后，分享一个捷径，使用“搜韵”软件(https://souyun.com/)，一样可以体验到《钦定词谱》纸质书的效果。

(写于 2018 年 10 月 26 日)

青年当胸怀天下

——最后一节课给同学们的祝福

同学们！我现在给大家上的课再有20分钟就结束了。20分钟以后，大家在本科学习期间所有的课程就都结束了，其余的时间就是准备考试和做毕业设计了。大家毕业以后，有同学会出国，有同学会读研，还有的同学会参加工作。作为给你们上了三个学期课程的老师，我很想代表我们全体老师（尽管没有老师让我代表）和大家说几句心里话，也算是老师们对你们的几句嘱托吧！

大家看，这两个人你们认识吗？如果我不是为了做这个PPT，我也不认识他们。这个白胡子老头叫于右任，是我国著名的教育家。另外一个中年人是蒋经国，他是蒋介石的大儿子。于右任曾经给蒋经国写过一副对联，内容就是这两句话："计利当计天下利，求名应求万世名。"这句话作为一个长辈给晚辈的嘱托，说得多好啊！我在这里想对大家说的第一句话就是要有远大的理想，要把国家的利益和民族的兴亡当作自己的奋斗目标，这样我们才能有所作为，才能走得更远。

在一次自主招生面试时，我曾问过一个考生他的理想是什么，他的回答是可以养活自己。这个人生目标我觉得一点儿也没有问题。但是对于交大的学生而言，将来难道就仅仅考虑自己的生活吗？我们难道不应该有更远大一些的理想吗？

思源门对面是好第坊小区，我曾经在这个小区住过十几年。我每天上下班的时候，总会在好第坊靠近东川路的门口看见一对安徽来的青年夫妇。他俩自从好第坊一期建好就一直在那里收废品。刚开始的时候骑一辆三轮车，后来买了一辆小卡车，现在他们还有一部不错的小轿车。我看着他们先后有了三个孩子，据说在上海有两套不小的房子，且早就有了上海户口。我讲他们的故事是想说，人只要勤奋，生活无忧还是比较容易做到的，但是在座的各位，你们除了挣钱养家糊口以外，应该有更远大一些的理想。

我想给大家说的第二个意思是要做好迎接困难的准备。现在的大学生活是你们最单纯、最无忧无虑的时候，犯了错误还有老师指正，但是工作以后，犯了错误面临的可能就是重新找工作的问题了。刚参加工作的时候，环境不熟、工资低、事情多、任务重，让人很难快速适应。因此，大家面对困难时，要学习一下想喝水的乌鸦，它想方设法，通过把石子衔到瓶子里，最终如愿以偿喝到了瓶底的水。在面对困难的时候，一定不要学没有担当的鸵鸟，把头扎进沙子里，以为自己看不到危险，危险就没有了。这种掩耳盗铃的事情肯定不是我们应该做的。

大家毕业后到了工作单位，别人不会关注你在交大学习的时候是学霸还是学渣，也不会有人关心你上学的时候有几门课重修过，大家关心的只是你能否担当得起这份工作。我想起一个老鹰的故事，虽然这个故事是虚构的，但是对于在座的各位却非常有意义。据说老鹰可以活70岁，但是到了40岁的时候，它的喙和指甲因为太长了，都变弯了，所以也就不能再抓捕猎物了；它的羽毛也太厚重了，以至于不能够飞得更高了。这个时候，老鹰就会找一个悬崖，在那里把自己的旧羽毛拔光，把指甲拔掉，再把喙在岩石上摔碎。等新的羽毛、新的喙和指甲长出来后，它就能像以前一样搏击长空了。因此，我们到了新的环境，要重新学习、重新定位，要对得起我们交大人的身份！

我还想和大家重温一下我们学过的几句谚语：

第一句是：If you keep waiting for just the right time, you may never begin. Begin now! Begin where you are with what you are!（如果你一直在等待一个正确的时机，你将永远不会开始。不管你现在在哪里，现在就开始做吧！）

第二句是：If you are headed in the right direction, each step, no matter how small, is getting you closer to your goal.（如果你的方向正确，每向前一步，不管多么小的一步，都会离你的目标更进一步。）

第三句是：Everyday is a new day with new possibilities and unlimited opportunities.（每一天都是一个充满了新的机遇和无限可能性的新的一天。）

最后一句是：Opportunities always meet prepared brain!（机会总是留给有准备的大脑。）

大家努力吧！当我们的目标确定好以后就要行动了，我们的每一个小小的进步都让我们离目标更近了一步。谋定而后动，机会总是青睐有准备的人！

我特别欣赏习近平总书记在党的十九大闭幕式记者招待会上念的那两句诗："不要人夸颜色好，只留清气满乾坤。"我们做事情，不是为了让别人夸赞，而是要做好的事情！

同学们，"天高任鸟飞，海阔凭鱼跃"。你们就要告别本科阶段的学习了，此时此刻，我想起我 18 岁去农村插队的时候在笔记本上写的一段话，在此与大家共勉：

革命人四海为家，
流浪者走遍天涯，
谁说我没有落脚的地方，
我的安乐窝比天都大！

同学们，相信你们将来的成功，不是因为你们有个好爸爸，而是因为你们自己的杰出。

祝福你们！

（写于 2017 年 11 月 19 日）

看远、看宽、看淡

——致 F16 生物技术班的全体同学

同学们，作为你们的班导师，我终于看到我们班里的每一位同学都顺利在上海交通大学获得了学士学位，就要踏上远去的征程，甚感欣慰！

我记得第一次开班会的时候对大家说过，我们的目标是："一个也不能少，等 2020 年毕业的时候，都能顺利地完成学业。"这个目标，我们今天达到了！

我本来想好好写一下与大家相处的每一个细节，可能是和大家太熟悉了，在我脑海里反复出现的场景竟然是：刘同学踏着上课铃声走进教室，冲我一笑；何同学每次都考第一；山东同学不拘小节……尽管我说过，同学们若在学习和生活上有什么困难，可以随时来找我，但是除了有同学和我商量选哪个老师作为他的研究生导师外，很少有人因为个人事情来找我。因此，总体来说，我最大的印象就是男生们个个沉稳内敛，学习非常用功；女生们个个稳重端庄，颇具大家风范。在这个时刻，我发现我的语文学得太差了，实在找不到更好的词来描述你们。

思来想去，还是送三个词给大家，作为我们分别的礼物吧！

首先是“看远”。每次我路过仰思坪后面的大草坪时就会看到“未来已来，逐梦前行”的祝福语。看到这句话，我就想起每年高考结束后，常有亲朋好友的孩子来找我咨询报什么专业好。我总是问这些梦想进入大学的孩子们，你将来想成为一个什么样的人？怎样能够将自己的理想和家庭幸福与国家的前途命运有机地结合起来？所以说看得远就是要有远大的志向。有了远大的志向，才能有更宽广的视野；有了远大的志向，思想境界才可以升华，人生才不负韶华。

其次是“看宽”。有了人生目标以后，就应该有宽敞的思想、博大的胸怀去实现。人能走多远，不是双腿的问题，而是志向的问题；人能攀多高，不是双手的问题，而是意志的问题。我们只有树立远大的理想，才能达到别人达不到的高度，也才能看到别人看不到的风景。所谓“看宽”，就是要与岁月同行，倾听时代的乐章，与时俱进。只有思维空间更开放，心胸更宽广，为人更豁达，眼睛才会更明亮，才能实现自己的目标。所谓“看宽”，就是要抓紧一切机会，努力学习，充实自己，为实现梦想做好一切准备。

再就是“看淡”。我们有了理想，有了目标就要想方设法去实现。但是，人生在世，多不如意，千万不要一遇到困难就换工作。实现梦想，没有坦途。困难情况下，心态最重要，要有“一蓑烟雨任平生”的心态。要想看淡，就要多读历史、多充实大脑，切不可为了实现目标而急功近利、不择手段。成功是不随波逐流，成功是永不言败。永远不要相信一步可以登天、一次可以成功。成功要靠积累，积累你的经历、人品和修为，将这些积累都变成你的能力。那个时候，你就会发现你拥有了驾驭一切的能力，成功变得如此轻松。

在这个特别的日子里，我祝福每一位同学，在不远的将来能成为各个岗位上永不生锈的螺丝钉，成为学术大师、业界领袖和政界精英。老师会为你们的成功雀跃，交大会以你们为傲。

最后，我以自己学习填写的《春光好》作为结束语，送给大家。

思源梦，状元桥，凯旋谣。
学子别离皆得意，欲飞高。
破障登攀踏浪，指点江山英豪。
挥斥方遒传喜报，看天骄。

同学们：你们就是我们的天骄，你们就是我们的英豪！

（写于 2020 年 7 月 27 日）

后　记

我出身于一个三代都是教师的家庭。1977 年一恢复高考，我即如愿考上了大学。在向高中教我化学的杜老师辞行时，他嘱咐我，大学毕业后一定要考研究生，一定要当一名大学老师。后来我在德国读了博士，并完成了博士后研究，回国后应验了杜老师的话，我成了一名大学老师。

成为大学老师以后，我才发现这个职业并没有想象中的那么光鲜亮丽，那么轻松。在教育教学的过程中，我们经常会遇到这样那样的问题，也会接触一些遇到这样那样问题的学生。作为一名大学教师，特别是在我的儿子成为上海交通大学的学生以后，在他身上我就发现了很多问题的影子。我一直在想，假如那些遇到问题的学生是我自己的孩子，我该怎么做？我是否应该将这些学生也当成是自己的孩子来对待？

2012 年暑假，经科学网的一再邀请，我注册成为一个博主。我把我备课用的讲稿《基因工程是实现人类梦想的新途径》贴了上去，作为我博文的第一篇文章。后来这篇文章竟然有 7 千多人阅读，还有人建议我将这篇文章投到杂志发表。

这之后，只要有空我就会随手写上几段，其中有我对教育和教学的一些思考，如教师的责任与义务，对教学秩序把控的心得体会，特别是我对教师这个职业的热爱等；还有我对过往的一些回忆、旅游见闻等。表现形式也各种各样，有格律诗，有散文，但多数是夹叙夹议的文章。写作风格上，我秉承了自己一贯的与人聊天的口语格式，内容贴近生活，语言也很亲切。很多好朋友说，他们很喜欢读我的博客。

文章逐渐积累了起来，至今我已经发表了超过150篇博客，有超过100万人次的阅读量，同时我也随着博客的传播变成了一名“网红”。通过科学网，我还交了很多未曾谋面的朋友，多篇博文被《中国科学报》《上海交通大学报》以及今日头条、求是理论网、宣讲家网等媒体转载，也多次获得上海交通大学优秀网络文章等荣誉。

大概是2018年，学院负责宣传工作的副书记李文纯代表学院党委和我商量，计划出版一本我的博文精选集。很快，学院就安排徐菁苒老师负责挑选和整理博文。我们一共挑选了50篇文章，分门别类，整理成八部分内容，并以学院的名义向学校党委宣传部申报了上海交通大学网络教育名师工作室项目和“E品E领”网络文化培育项目，得到了学校党委宣传部的经费支持。

我感动的是，学院的几任书记，罗九甫、仰颐、嵇绍岭等都在我写博客的过程中给予了具体的指导。另外，还有很多老师和同学在阅读过程中，发现有一些错别字，也提醒我及时给予纠正。在此，一并致以衷心的感谢。

更让我感动的是，学校党委书记杨振斌同志欣然作序，为我的这本小书添色不少。杨书记对我的文章不吝赞美，让我更感到了作为一名人民教师的责任和荣光。

本书出版之际，正值建党一百周年的日子，我愿意将此书作为建党百年的献礼，同时也作为自己即将退休的礼物，献给学校，献给同事，献给我最亲爱的学生们。

乔中东

2021 年 4 月 17 日于致远湖畔